DESTINARE

It's Judith

DESTINARE

ALFAGUARA

Papel certificado por el Forest Stewardship Council®

MIXTO
Papel procedente de fuentes responsables
FSC® C117695

Primera edición: noviembre de 2018

Diseño de cubierta: Penguin Random House Grupo Editorial / Manuel Esclapez

Printed in Spain – Impreso en España

ISBN: 978-84-204-3415-5
Depósito legal: B-22.980-2018

Maquetación: Negra
Impreso en Cayfosa (Barcelona)

AL 3 4 1 5 5

Penguin Random House Grupo Editorial

Gracias, una vez más, por confiar en mí.

CAPÍTULO 1

—Gaia, ¿tú entiendes bien esto del contexto filosófico de Kant?

Mi amiga estaba tumbada en la cama. Al ver que no me respondía, giré la cabeza y me di cuenta de que estaba meneando la melena rubia al ritmo de una música que solo ella escuchaba.

—¿Gaia? —insistí.

—¿Eh? —respondió ella, por fin.

Le dio un tironcito al cable que disimulaba en el pelo, y luego guardó a toda prisa algo rectangular debajo del cojín en el que tenía apoyado el libro de Filosofía.

Música y móvil.

Los dos elementos prohibidos en nuestra sesión de estudio.

—¡Gaia! ¡Que habíamos dicho que nada de teléfono ni Spotify mientras repasábamos! —le dije, enfadada.

Ella me miró con sus grandes ojos color café y cara de niña buena.

—Ay, Sofi, ya lo sé. Pero es que a mí las movidas del Kant este no me entran en la cabeza y me aburro… —se defendió ella—. Además, si tú hubieras visto lo mismo que yo, también estarías despistada…

—No me líes, que te conozco.

—Es la última foto de Alexis —insistió ella, levantando las cejas con expresión traviesa.

—¿Alexis? —dije yo, que había empujado sin darme cuenta las ruedas de la silla giratoria para ponerme a su lado.

—Mira.

Gaia acababa de abrir el perfil de Instagram de nuestro *influencer*, modelo y *vlogger* favorito. En la pantalla se veía una toma aérea de la ciudad de Nueva York, grabada desde un helicóptero. El vídeo estaba tan bien hecho que hasta daba vértigo. Casi podía notar las ráfagas que levantaban las hélices al volar sobre el Empire State Building. Traté de imaginar lo que se sentiría viviendo aventuras así.

Gaia me leyó el pensamiento.

—¿Ves cómo tú tampoco tenías tantas ganas de estudiar? —me dijo, divertida.

Yo me puse seria y aparté la silla de la cama como si quemara.

—Gaia, esto es importante: ¡dentro de dos semanas tenemos todos los finales juntos! Y, como no nos pongamos las pilas y entreguemos el trabajo que nos ha pedido el de Filo, ¡no nos va a dar la media para selectividad!

—*Silictividid, silictividid*... —se burló ella—. ¿Me puedes explicar quién es este muermo de tía y qué narices ha hecho con mi amiga? —me dijo ella, incorporándose en la cama—. Me niego a aceptar que lo más emocionante del año vaya a ser hacer la selectividad, Sofi. Yo quiero vivir aventuras.

Vivir aventuras.

Ya estaba otra vez con eso. Llevaba contándome historias de aventuras desde el día en que nos conocimos, el verano antes de empezar el instituto.

—Tú y yo tenemos estamos conectadas porque las dos tenemos nombres griegos —se atrevió a decirme un día, desde el bordillo de la piscina.

—Mi nombre no es griego.

—Sí que lo es. En griego, Sofía significa «sabiduría».

—¿Y eso cómo lo sabes?

—Porque mis padres se conocieron en Grecia mientras daban la vuelta al mundo —me contó—.

Se han recorrido todo el planeta Tierra. Por eso yo me llamo Gaia, que significa «tierra» en griego.

Y así fue como nos hicimos amigas: Gaia me atrapó con sus historias. Bueno, no eran suyas del todo, pero la verdad es que era imposible que no te engancharan. A ella se las contaban sus padres, que habían recorrido juntos los lugares más exóticos del mundo. Cuando supieron que iban a tener a Gaia, pensaron que la vida de trotamundos no era la mejor para un bebé. Decidieron instalarse en un lugar pequeño, para que su hija pudiera echar raíces. Pero no pudieron impedir que Gaia heredara su vena aventurera. El pueblo diminuto y aburrido en el que vivíamos le daba mucha, muchísima pereza.

Una pereza que, a base de historias sobre viajes y experiencias alucinantes, con el paso de los años se me había ido contagiando también a mí.

—Y yo también quiero vivir aventuras, Gaia —dije—. Pero ¿sabes cuál es el mejor pasaporte para salir de este pueblo?

Puso los ojos en blanco, porque ya sabía lo que le iba a decir.

—Sí, sí. Sacar buena nota en selectividad, y luego mudarnos a la ciudad, y luego ir a la universidad, y luego… ¡seguir estudiando! —protestó—. ¡Menudo aventurón!

Yo no pude evitar reírme. Tenía razón, pero era lo que había. Yo tenía los pies mucho más cerca del suelo, pero ella... Como no la sujetaras al suelo, mi amiga era capaz de pasarse la vida en las nubes... y suspender todos los exámenes.

Se levantó de la cama con el móvil en la mano y se sentó en la mesa del escritorio. Los pies le colgaban en el aire mientras deslizaba el dedo por la pantalla de su móvil.

—¡Aventuras son las que vive Alexis! Mira: aquí está haciendo paracaidismo en Sídney, y aquí buceando en Tahití, y aquí está en el festival de los faroles flotantes de Tailandia, y aquí en el carnaval de Nueva Orleans y...

—¿Y podrías explicarme cómo pretendes correr esas pedazo de aventuras? ¡Si vivimos en un pueblo en el que tenemos que dar gracias por tener un cine y una bolera! —le pregunté.

—¡Pues saliendo de aquí, claramente! —contestó ella.

—¿Ves? Si es que al final me acabas dando la razón —dije, recogiendo el libro de Filosofía de la mesa de su escritorio. Le di un golpe cariñoso con él en la cabeza—. Como veo que no tienes ninguna intención de estudiar, me voy a ir a casa, a ver si adelanto.

—¿No quieres quedarte a escuchar conmigo lo último de Rai? —intentó tentarme. Me tendió uno de los cascos del cable enganchado a su móvil—. Es la banda sonora perfecta para planear aventuras.

Qué lista es, cómo me conoce. Por algo Gaia es mi mejor amiga. Alexis me gustaba muchísimo, pero mi verdadera debilidad era Rai Vila, el mejor cantante que había habido desde… Bueno, para mí nunca había habido ningún cantante mejor que él.

—No, en serio, me voy a casa —dije, mirando el reloj—. Es tarde, y quiero avanzar un poco más.

—Oye, tía muermo, no estarás preparando el terreno para decirme que mañana no vienes a la bolera, ¿verdad? —me preguntó Gaia con el ceño fruncido.

Intenté disimular, pero… con Gaia era imposible. Me había pillado.

—La verdad es que estoy un poco agobiada, y hoy no nos ha cundido nada… —empecé a excusarme.

No le mentía. Estaba agobiadísima. Últimamente mi vida se resumía en libros, trabajos, libros, trabajos y, si me quedaba algo de tiempo libre, más libros y más trabajos. En cuanto vio que estaba a punto de darle plantón, a Gaia se le llenaron los ojos de lágrimas. Me miró con tristeza mientras la barbilla le temblaba exageradamente, como si fuera a echarse a llorar.

—Por favor, no me hagas eso… Mañana es domingo, y llevo todo el sábado estudiando. Hacer un pleno va a ser lo más emocionante de la semana…

—No me hagas chantaje… —le dije, justo antes de salir de su cuarto.

—¿Eso es que nos vemos mañana? —me preguntó, contenta otra vez, mientras yo cerraba la puerta.

Menuda actriz estaba hecha.

—¡Ya veremos! —grité yo desde el otro lado.

Antes de salir de su casa, encendí mi móvil y busqué la canción de Rai Vila que Gaia me había dicho. Duraba casi cinco minutos. Perfecto, porque ese era el tiempo que se tardaba en llegar a mi casa. Y la verdad es que Gaia tenía toda la razón: era la banda sonora perfecta para planear aventuras, todo un chute de energía, un veneno que se te colaba dentro y daba ganas de probar cosas nuevas. No tardé ni diez segundos en empezar a bailar sin darme cuenta. Tan metida estaba en la música que estuve a punto de chocar contra mis padres, que estaban sacando la compra del coche en la entrada de mi casa.

—Anda, yo volviendo a toda prisa porque pensaba que llegaba tarde a cenar… ¡y resulta que no estabais! —les regañé en broma mientras apagaba la música.

—Calla, que menuda aventura hemos tenido —dijo mi madre.

—¿Os habéis ido a cazar la cena? —pregunté, con media sonrisa.

—¡Qué va! A tu padre le ha dado ahora por comer todo «eco» y «bio», y el sitio donde venden productos está en la ciudad. Cuarenta y cinco minutos de reloj hemos estado intentando salir del atasco…

Mi padre me miró con cara de pillo, hizo una mueca para darme a entender que mi madre estaba exagerando y entró en casa abrazado a su bolsa de productos ecológicos como si en vez de comida fuera un tesoro.

Yo besé a mi madre, llevé parte de las bolsas a la cocina y me fui derecha a mi habitación. Dejé caer la mochila en el suelo, me desplomé en la cama, agotada, y me quedé mirando al techo mientras esperaba a que me llamaran a cenar.

Intenté relajarme, pero no podía. Me pesaba el pecho, y la sensación no era culpa del agobio por la selectividad que me perseguía desde principios de curso. Era algo distinto.

Mis padres eran amigos de los de Gaia desde hacía muchos años, pero yo no podía dejar de pensar en lo diferentes que eran de ellos. ¿Sería igual de aburrida cuando fuera mayor? Yo no quería que, a su edad, un viaje de tres cuartos de hora al supermercado me pareciera una aventura. Era muy joven para estar tan agobiada. Estudiar era muy importante, pero Gaia tenía razón: nos merecíamos una distracción, un descanso. Y, si no podíamos tenerlo debajo de un cocotero en las Bahamas, como Alexis, que fuera por lo menos en la bolera del pueblo.

Así que cogí el móvil y le escribí un mensaje:

«Eres la mejor chantajista del mundo. Tengo un montón que estudiar…, ¡pero mañana nos vemos! ¡Lo prometo!».

CAPÍTULO 2

Cuando mis neuronas por fin habían empezado a comprender (un poquito) el maldito contexto filosófico de Kant, mi móvil se puso a vibrar.

«GAIA, BOLERA, 17.30».

¿Ya eran las cinco y media? ¿En serio?

¡Pero si tenía la sensación de que acababa de sentarme a estudiar! Igual era mejor quedarme en casa y aprovechar. Total, la bolera no se iba a mover de su sitio. Y la tenía más que vista. Sí, me convenía estudiar y aprovechar para adelantar con el trabajo, y…

No sabía qué era peor, si la culpa por dejar plantada a Gaia o el agobio. Encendí el móvil para mandarle un mensaje y avisar de que me quedaba en casa, pero empezaron a entrarme mensajes y notificaciones en tropel.

Eso me hizo sentir un poco mejor: la avalancha de mensajes solo podía significar que Gaia había invitado a Emi, Luis y Brais, nuestro grupo del instituto. Ellos eran la excusa perfecta: así a Gaia no se le chafaría el plan aunque yo no estuviera. Pero debían de haberse liado hablando de otras cosas, y me estaban entrando tantísimos mensajes que el teléfono acabó bloqueándose. Ya casi era hora de salir, y yo ni estaba preparada para irme, ni había avisado para no tener que salir. Empecé a pulsar el icono de WhatsApp una y otra vez, como si así pudiera arreglar algo. Pero, en vez de WhatsApp, lo que se abrió fue Spotify. Y, con él, el último tema que había escuchado.

El nuevo single de Rai Vila.

De repente, volví a sentirme llena de energía y de ganas de hacer cosas distintas. De repente, quedarme encerrada en casa me pareció el peor plan del mundo. Y tener que leerme esos temas de Filosofía que me hacían puré el cerebro, la peor de las condenas. Así que, por poquito, la culpabilidad le ganó el pulso al agobio.

Me vestí a toda prisa y bajé corriendo las escaleras.

—¿Te vas, Sofi? —me preguntó mi madre cuando me escuchó abrir la puerta—. ¿No tenías que terminar el trabajo de Filosofía para subir nota?

—Necesito despejarme un rato, mamá —le grité por una rendijita cuando ya la tenía casi cerrada—. He quedado con Gaia en la bolera. Vuelvo pronto.

Cuando salí a la calle, estaba lloviendo. Volvieron la culpabilidad, el agobio y el impulso de volver a mi cuarto y encerrarme a estudiar, pero, si entraba en casa otra vez, adiós plan. Así que, aunque me había dejado el paraguas en casa, eché a andar rápidamente.

Lo que al principio me pareció bastante heroico acabó siendo una idea malísima. Llegué a la bolera hecha una sopa, arrepentida de no haberme quedado en casa y con un principio de cabreo bastante importante. Como además había llegado tarde, los demás habían empezado sin mí.

Genial.

Le tendí el abrigo empapado al chico de recepción (que lo cogió por una puntita, como si en vez de agua estuviera mojado de ácido), me cambié las zapatillas por los zapatos bicolores y fui a la calle donde mis amigos ya estaban jugando.

Era el turno de Gaia. Mi amiga cogió carrerilla, echó el brazo hacia atrás y lanzó con tanta fuerza que la bola salió disparada hacia arriba y rebotó sobre la pista de madera. Tiró solamente dos bolos y, en realidad, el segundo cayó porque lo arrastró el primero. Aunque íbamos a la bolera todos los fines de semana (sobre todo en invierno, porque era donde más calentito se estaba) y Gaia le ponía muchísimo empeño, los bolos se le daban fatal. Cuando dejó la pista libre y vino a sentarse, Emi, Luis y Brais se estaban riendo a carcajadas de su numerito, pero yo no.

—Pero bueno, mira quién ha venido —me dijo, revolviéndome el pelo mojado. Yo me estaba atando los cordones de los zapatos y tenía la cabeza agachada. Al notar la mano de Gaia, alcé la vista como si quisiera mordérsela. Ella se apartó, divertida—. Oye, que no te estoy llamando tardona, ni nada. Estaba tan segura de que ibas a venir que te hemos puesto en el marcador, y todo. Si te quieres cabrear, cabréate mejor con estos, que se han apostado una pizza conmigo a que nos ibas a dar plantón…

Yo los miré fatal.

—Es que como no contestabas a los mensajes… —se defendió Emi.

—Ya sabéis que apago el móvil cuando estoy estudiando —respondí yo, secamente—. A ver, ¿a quién le toca ahora?

Emi se quedó cortada y se calló. Luis y Brais también dejaron de reírse. Gaia me miró con los ojos entrecerrados y me preguntó:

—Sofi, ¿estás bien?

—Perfectamente. ¿A quién le toca? —repetí.

—Pues… —Gaia miró la pantalla de puntuación—. A ti.

—Vale —respondí, levantándome para coger la bola que acababa de aparecer por la cinta rodante. La cogí con el índice y el corazón de la mano izquierda, tomé impulso y lancé. Un tiro perfecto: dio justo en el bolo del centro y tiró todos los demás de una vez.

Strike, diez puntos.

—Madre mía, menudo asquito das… ¡Se te da todo bien! —dijo Gaia con retintín.

—Tampoco tiene mucho mérito —respondí yo mientras me sentaba de nuevo en la zona de espera con los brazos cruzados—. Jugamos a los bolos todos los fines de semana. Hay que ser muy torpe para que se te dé mal.

Gaia creyó que lo decía por ella. Me di cuenta de que se le humedecían los ojos y le empezaba a temblar la barbilla. Solo que esta vez no era teatro.

Le había dolido de verdad.

—Ya te vale, Sofi… —me dijo Emi, dándome un codazo en las costillas cuando vio que Gaia daba media vuelta para ir al baño—. No sé qué bicho te ha picado hoy, pero nosotros no tenemos la culpa.

Brais y Luis asintieron por detrás con cara de «Te has pasado tres pueblos».

Lo peor es que llevaban razón: nadie me había obligado a ir a la bolera, había dejado el libro de Filo abandonado y llorando de pena en mi habitación porque a mí me había dado la gana.

Me levanté y fui corriendo tras Gaia, que acababa de cerrar la puerta del aseo.

—Gaia, ¡oye, Gaia, espera!

—Déjame en paz, Sofi —respondió ella, intentando cerrar la puerta de uno de los cubículos.

Yo metí la puntera de mi zapato de bolos en el hueco para impedir que se cerrara del todo.

—Oye, ¡perdona! —le dije—. Estoy de mala leche, pero no es por tu culpa. Es que estoy agotada y superagobiada y… y… Y encima se ha puesto a llover mientras venía a la bolera y me he calado como un pollo. Lo único que quiero es terminar los exámenes finales y hacer de una vez la selectividad… Estoy harta de estudiar, de este pueblo y de lo rollazo que es todo… Solo quiero salir de aquí, pero no quería darte plantón hoy, porque sé que tú también estás cansada y agobiada y te apetecía despejarte… Y llevo todo el día pensando en lo que me dijiste, lo de hacer algo distinto y vivir aventuras, pero no tengo tiempo porque tengo que estudiar para salir de aquí y poder tener una vida un poquito interesante algún día y... ¡y ya no sé lo que quiero!

Ahora la que tenía los ojos llenos de lágrimas era yo.

—Eh, Sofi, tranquila, que no pasa nada —me dijo Gaia, abrazándome—. No te preocupes, es todo por el agobio, yo estoy igual. Tienes que relajarte un poco.

—¿Y cómo lo hago? —pregunté yo—. Este año no he hecho más que estudiar, pero todavía tengo muchísimo temario atrasado... Y es que te juro que no encuentro el momento de...

—Sofi, mírame —me dijo, agarrándome de los hombros y obligándome a levantar la cabeza—. Sé que lo que voy a decirte no te va a gustar, pero lo que necesitas es un día libre. Desmelenarte, hacer algo un poco loco...

—Gaia, tía, a veces me da la sensación de que lo que digo te entra por un oído y te sale por el otro... ¿No te acabo de decir que estoy agobiadísima y que no tengo tiempo para nada?

—Precisamente por eso. Lo que necesitas es desconectar un día: hacer cosas que no harías normalmente, llenarte de energía y volver con las pilas cargadas para lo que queda de curso —me dijo, con ese brillo que le llenaba los ojos cada vez que tramaba una de las suyas.

—Tú tienes una idea muy clara en la cabeza —le dije, cortando un trozo de papel higiénico para sonarme la nariz—. A ver.

—Mañana nos vamos a la ciudad.

—Pero mañana tenemos clase —protesté.

—Pues hacemos pellas.

—Pero nuestros padres no nos dejan ir solas —insistí.

—No tienen por qué enterarse.

—Pero si nos pillan…

—No se va a enterar nadie, Sofi. Yo me encargo de que no nos pongan falta en el insti. Vamos tú y yo solas, no se lo contamos ni siquiera a Emi, Luis y Brais. Vamos, cogemos aire, nos despejamos un poco y volvemos. Y, después, te prometo que nos encerramos en casa a estudiar hasta la selectividad como si fuéramos monjes en un monasterio.

—¿Me lo prometes de verdad?

—Te lo juro —dijo, juntando los índices de las dos manos para que los separara con el mío, como cuando éramos pequeñas y hacíamos una promesa irrompible.

—Vale.

—Yo me encargo de todo. Luego te mando las instrucciones del plan por WhatsApp. ¡Pero enciende el móvil cuando estés estudiando, petarda!

Me cogió de la mano y salimos del baño reconciliadas y sonriendo.

—¿Crisis solucionada? —nos preguntó Emi, con una ceja levantada, justo después de lanzar la bola.

—De pleno —respondió Gaia—. ¡Como el que voy a marcar yo ahora! ¡Vamos, Sofi, enséñame a hacer *strikes* con estilo, como los tuyos!

Y, mientras nos dirigíamos a la pista, me susurró al oído:

—¿Mañana?

Vamos, cogemos aire, nos despejamos un poco y volvemos, repetí mentalmente. No nos iba a pillar nadie. Solo eran unas pequeñas pellas y una excursión a la ciudad. Total, ¿qué podía salir mal?

—Mañana —respondí yo.

Y la nube negra que llevaba toda la tarde cubriendo el cielo se aclaró un poco.

CAPÍTULO 3

—¿Seguro que no van a mandar un mensaje a casa diciendo que hemos faltado a clase? —le pregunté a Gaia, mirando por la ventanilla del autobús.

Era tan temprano que todavía no había amanecido. A lo lejos, las luces en las diminutas ventanas de los edificios parpadeaban como luciérnagas.

La ciudad empezaba a despertarse.

La aventura había empezado justo después de la bolera. Había pedido permiso a mis padres para quedarme a dormir en casa de Gaia con la excusa de terminar el trabajo de Filosofía. Los suyos, que trabajaban en una editorial de guías de viajes, habían tenido que hacer una visita improvisada a la imprenta para resolver algunos problemas y no volverían hasta el día siguiente. Nuestro plan era salir de madrugada, en el primer autobús, aprovechar el día y volver antes de que hubieran terminado las clases de refuerzo a las que nos quedábamos a veces después del instituto. Gaia se quedó dormida en cuanto recostó el asiento, pero yo estaba demasiado nerviosa. Al ver aquella hilera de lucecitas desfilando al otro lado de la ventanilla, noté dos punzadas en el estómago: una de emoción, porque estaba haciendo algo prohibido, y otra de culpabilidad, porque había dejado que me convencieran para hacer pellas… ¡en plena época de exámenes!

¿En qué estaba pensando?

—Que no nos van a pillar, pesada —me aseguró, medio dormida, por vez número cien—. Soy la mejor falsificadora de notas de todo el instituto.

—¿¡En serio has falsificado una nota haciéndote pasar por nuestros padres!?

—Una no, dos —bostezó ella—. La tuya y la mía.

—Nos van a pillar. Nos pillan seguro. Nos la vamos a cargar, y nos van a expulsar, y no nos van a dejar hacer los finales y nunca podremos ir a la universidad y… —empecé a disparar como una metralleta.

Las pocas personas que viajaban a aquellas horas en el autobús empezaron a despertarse con mis gritos.

—Sofi, cálmate. No nos van a pillar —me aseguró ella, tapándome la boca. Luego me puso las manos en los hombros, y dijo—: Y, si nos pillan, lo peor que puede pasar es que nos echen la bronca. Nadie nos va a expulsar, porque tú y yo somos unas santas y no hemos hecho pellas en la vida. Disfruta… ¡y déjame dormir, que todavía falta un rato!

Antes de darse la vuelta en el asiento para apoyar la cabeza contra la ventanilla, entrelazó su mano con la mía para que me tranquilizara. La punzada de culpabilidad por haber mentido a mis padres desapareció, y mi emoción fue creciendo con los puntitos luminosos de la ventanilla, que cada vez estaban más cerca.

* * *

Gaia le dio un sorbo al cuerno de barquillo de su Unicorn Shake: un batido de frambuesa, mango, plátano, manzana, arándano y mora espolvoreado con purpurina comestible.

—Mmm, ¡esto está buenísimo! ¡Ojalá pusieran un Rainbow Coffee en el pueblo! —me dijo—. Toma, pruébalo.

—Paso —respondí, rechazando aquel mejunje de colorines—. Me quedo con mi dónut de tres chocolates —añadí, dándole un mordisco a aquella delicia.

—Tú te lo pierdes. Un sorbo de esto compensa el castigo que nos va a caer cuando se den cuenta de que no hemos ido a clase.

—¡¿Qué?! —exclamé, a punto de atragantarme.

—¡Tranqui, que es broma! —se echó a reír Gaia.

Yo tragué el último pedacito de aquel cielo hecho chocolate y me eché a reír con ella.

La verdad es que estaba siendo un día genial: habíamos desayunado en una cafetería preciosa, justo al lado de una galería en la que vimos una exposición de pintura. Gaia decía que quería estudiar Turismo (así tendría una excusa para viajar por todo el mundo, como sus padres), pero su verdadera pasión era la pintura. Aunque yo no entendía mucho de arte contemporáneo, me encantó acompañarla, porque me iba descubriendo los detalles y la magia oculta de cada cuadro. Después, estuvimos en la calle comercial, probándonos modelitos de ropa que nunca nos atreveríamos a comprar. Cuando nos entró hambre fuimos a comer a la Burguesía, la hamburguesería más famosa de toda la ciudad. Las hamburguesas son espectaculares y el restaurante precioso: tiene un patio lleno de árboles y un puentecito que atraviesa un estanque y lleva a un pequeño salón cubierto. Yo quiero estudiar Diseño en la universidad, y Gaia sabe que me encanta la decoración, por eso eligió ese sitio. Nunca habíamos visto una carta tan larga, así que tardamos un buen rato en decidir qué pedir. Al final Gaia, tan atrevida como siempre, pidió una hamburguesa llamada New Mistake.

—Por los errores compartidos —me dijo, con una sonrisa traviesa.

—Yo pediré una Glorious con patatas asadas y salsa de la casa —le pedí al camarero—. Para que todos nuestros errores sean tan gloriosos como este.

La visita al Rainbow Coffee había sido glotonería pura, porque las dos estábamos a punto de explotar, pero el diseño de la cafetería era tan bonito (y Gaia tan golosa) que al final terminamos pecando por segunda vez.

Y ahora estábamos allí, tumbadas en el césped de un parque precioso, a la sombra de un árbol enorme, disfrutando de nuestras últimas horas de libertad antes de volver a «la jaula de los exámenes y la selectividad», como Gaia la llamaba. Menuda exagerada está hecha.

—Tampoco es para tanto —dije yo.

—¿Ah, no? Pues por el cabreo que tenías ayer, un poquito enjaulada sí que me pareció que te sentías —protestó ella.

Yo no respondí. Me estaba divirtiendo muchísimo, había conseguido desconectar y no me apetecía pensar en lo que había pasado el día anterior. Ni tampoco en las pocas horas que nos quedaban de libertad antes de tener que volver a la realidad.

Intentando buscar algo que distrajera a Gaia, miré a mi alrededor y, en una valla publicitaria que había cerca del parque, vi algo que llamó mi atención.

Vaya que si llamó mi atención.

—¡Gaia! —grité.

—¿Qué pasa? —preguntó ella, alarmada—. ¿Has visto a alguien del pueblo?

—No, no es eso, ¡sino ESO! —Apunté a un cartel en concreto de los tres que ocupaban la valla.

—¿Has visto una cámara de seguridad? —dijo Gaia, acercándose a mi dedo para ver dónde apuntaba—. Sofi, creo que estás un poco paranoica con lo de que no nos pillen.

—¡Que no! ¡Mira ahí!

Le cogí la cabeza con las dos manos y la giré hacia donde quería que mirara. Mi amiga se calló y se quedó con los ojos clavados en el cartel que anunciaba un concierto de...

¡Rai Vila!

—¡Ostras! No tenía ni idea de que estuviera en la ciudad —dijo Gaia, haciendo zoom con la cámara del móvil para fijarse en la fecha—. ¡Y es esta noche! ¡Si lo llego a saber, nos escapamos para verle!

—Eso sí que habría sido una aventura de verdad... —me lamenté yo.

—Te quejarás de esta... —protestó ella, con el ceño fruncido.

—Para nada, pero ver a Rai en directo habría sido la guinda del pastel.

Gaia se tensó como un sabueso, sin apartar la vista del móvil.

Luego, se volvió hacia mí y me preguntó con ojos brillantes:

—¿Dices que quieres ver a Rai en directo? —Entonces se levantó del suelo como si le hubiera picado algo y me tiró de la manga para que me levantara yo también—. ¡Pues arriba!

—¿Qué? No entiendo...

—Arriba, Sofi, corre. ¡Que está ahí! —me dijo, señalando a un chico con gorra y gafas de sol que pasaba justo por debajo del cartel de tres por cinco metros en el que se anunciaba el concierto.

—No puede ser él… Te estás equivocando, Gaia, ¡vamos a hacer el ridículo!

Pero la verdad es que se le parecía muchísimo.

Empecé a notar un cosquilleo de mariposas en el estómago.

—¡Y qué más da, si aquí no nos conoce nadie! Puede que no lo sea, pero ¿y si lo es? —me preguntó con esa sonrisa traviesa suya a la que no se le puede negar nada—. ¿No querías ponerle la guinda al pastel?

Gaia tenía razón. Habíamos ido a vivir aventuras. Perseguir a un chico de incógnito y confundirle con nuestro cantante favorito, aunque hiciéramos un poco el ridículo, era mucho más emocionante que una tarde en la bolera. O que volver a casa y enterrarnos entre libros y exámenes.

Así que eché a correr detrás de mi amiga, que lo seguía con el zoom del móvil activado para no perderle la pista.

Porque seguramente no fuera Rai, pero…

¿Y si lo era?

CAPÍTULO 4

—Pero bueno, Sofi, ¡menuda carita! Tienes pinta de no haber pegado ojo en toda la noche —me saludó Gaia con una sonrisa traviesa. Era martes, y yo estaba esperando a mi amiga en la puerta de casa para ir al instituto. Bueno, más bien, la estábamos esperando mis ojeras y yo—. ¿Demasiadas emociones ayer?

—Muy graciosa —bostecé yo.

—Bueno, no te preocupes, fijo que marcamos tendencia en el insti con nuestro *panda makeup* —rio ella, señalando sus propias ojeras—. Yo tampoco he podido dormir nada. Llevo toda la noche viendo el vídeo en bucle, y todavía no me lo creo.

Ay, el vídeo. Aquel maldito vídeo que a mí también me había quitado el sueño. Pero, mientras que las ojeras de Gaia eran de felicidad, las mías eran de agobio.

—Lo que yo todavía no me creo es que lo colgaras en Instagram. ¡Se suponía que no tenía que enterarse nadie de que habíamos hecho pellas!

—¡Pero, tía! ¿Cómo no lo voy a compartir? ¡Nadie nos iba a creer, si no! —se defendió—. ¡Es muy fuerte! ¡Ayer nos encontramos por la calle con el mismísimo Rai Vila!

—Bueno, yo no diría que nos encontramos con él… —protesté—. Más bien, lo perseguimos. Además de quedar como un par de acosadoras, nos estamos jugando que nos castiguen…

—Sofi, por favor, no va a pasar nada —me tranquilizó Gaia mientras reproducía el vídeo por millonésima vez—. Entre las dos no tenemos ni mil seguidores. Esto no va a llegar a ninguna parte, ¡pero por lo menos vamos a poder fardar en el instituto de nuestra aventura! ¿No es eso lo que querías?

La verdad es que ya no sabía lo que quería. El día anterior, mientras corría con Gaia por la ciudad, persiguiendo a aquel chico con gorra y gafas de sol, me parecía que todo valía la pena. Habíamos pasado un día estupendo y me sentía libre y atrevida. Además, ¿qué posibilidades reales había de que Gaia no se hubiera equivocado, de que aquel pobre chaval de verdad fuera Rai Vila?

Pocas, muy pocas.

Una entre mil millones.

Pero, a veces, una posibilidad entre mil millones es suficiente para que lo imposible se convierta en posible. Cuando por fin alcanzamos a aquel chico que intentaba pasar desapercibido bajo su disfraz, jadeantes y muertas de risa, no sé quién se sorprendió más, si él o nosotras.

Porque, efectivamente, era Rai Vila.

—Ostras —murmuró Gaia cuando el chico se dio media vuelta.

Había estado a punto de llevárselo por delante por no frenar a tiempo y seguía apuntándole con el móvil como si fuera una pistola. Cuando el chico lo vio, se bajó la visera y se ajustó aún más las gafas.

—¡Ostras! —repitió mi amiga, ahora a gritos—. ¡Que sí que es él! ¡Sofi, ES ÉL!

Yo casi no podía respirar de puros nervios.

—Shhh, por favor —susurró él, pidiéndonos que bajáramos la voz con un gesto e indicando un lugar un poco más despejado de la calle—. Por favor, preferiría no llamar la atención. —Señaló el móvil de Gaia, pidiéndole que dejara de grabarle—. ¿Queréis que os firme el disco? ¿Una camiseta? ¿La entrada del concierto?

Se le notaba impaciente, agobiado. Yo empecé a sentirme mal por haberle molestado.

—¡Ni siquiera sabíamos que dabas un concierto esta noche! —exclamó Gaia, cero preocupada por la discreción—. No tenemos nada... A ver, ¿me puedes firmar aquí? —le pidió, levantándose la camiseta con la mano con la que no sostenía el móvil y señalándose el ombligo con cara de pilla.

Rai Vila tenía cara de querer cavar un agujerito en el suelo para escapar de aquel par de acosadoras. El pobre no sabía dónde meterse. Y la multitud que se congregaba a nuestro alrededor le impedía escapar de allí sin que todo el mundo se diera cuenta de quién era.

—¡Gaia! —Le bajé la camiseta de un tirón—. Perdona, no queríamos molestarte. De hecho, pensábamos que no eras tú, sino alguien que se te parecía —me disculpé—. Pero nos hace mucha ilusión conocerte. Somos superfans, tu música nos encanta —dije de carrerilla.

No sabía de dónde había sacado valor para decir todo aquello sin tartamudear pero, sorprendentemente, la más cortada no era yo, sino él. ¿De verdad aquel chico que temblaba delante de dos admiradoras era Rai Vila, el mismo que daba conciertos ante miles de personas?

—Gra-gracias —balbució al final—. ¿Tenéis papel y boli? —nos preguntó.

—¿Nos vas a firmar un autógrafo en un cuaderno? Qué penoso —Gaia no podía disimular su decepción—. Podías tirarte un poco el rollo y regalarnos invitaciones para el concierto de esta noche, o algo.

—¿Para la prueba de sonido te valen? —dijo él, viendo una posibilidad de escapar de nosotras—. Deja que te apunte el número de mi representante para…

—¡SOFI, QUE NOS VAN A REGALAR INVITACIONES PARA LA PRUEBA DE SONIDO DE RAI VILA! ¡FLIPO, FLIPO, FLIPO! —gritó Gaia a todo pulmón.

Un grupo de cuatro chicas que pasaba por la acera de enfrente frenó en seco cuando escuchó los alaridos de Gaia.

—¿Entradas gratis para el concierto de Rai Vila?

—¿Es ese?

—¡Sí, es él!

—¡Está ahí!

—¡Vamos a pedirle un autógrafo!

Cuando Rai las vio venir corriendo hacia él, con la misma cara de locas que debíamos de tener nosotras unos minutos antes, murmuró un «Lo siento, me tengo que ir» y salió corriendo en dirección contraria, como si le persiguiera el demonio.

Yo, personalmente, no le culpaba. A mi lado, Gaia se echó a reír a carcajadas.

—Ay, madre, menudo espectáculo —dijo mientras pulsaba rápidamente algo en el móvil—. Esto hay que compartirlo.

—No se te ocurrirá subirlo a Instagram… —advertí, preocupada.

—Y a Snapchat, Twitter y Facebook.

—¡Gaia!

Para mí, la emoción del día acabó en ese momento. Me sentía mal por haber puesto a Rai Vila en una situación tan incómoda. Me sorprendía que una persona tan popular como él reaccionara así ante el asalto de dos fans. Ya debía de estar acostumbrado a situaciones parecidas, pero era evidente que había pasado un mal rato.

Aunque no era eso lo que más me preocupaba.

Lo que me preocupaba de verdad era que Gaia subiera el vídeo a Instagram. Que nos pillaran nuestros padres y nuestros profesores. Que nuestra pequeña e inofensiva aventura tuviera repercusiones. Que la posibilidad de vivir en la ciudad y sentirme todos los días como me había sentido ese día se retrasara, por lo menos, un año más.

Mientras recreaba la película del día anterior en mi cabeza, Gaia caminaba a mi lado tan tranquila, viendo el vídeo y riéndose por millonésima vez. Y por eso no se dio cuenta de que la gente nos miraba de reojo y se reía disimuladamente cuando llegamos al instituto.

Ni tampoco de que la directora nos estaba esperando en la puerta, con los brazos cruzados, cara de pocos amigos y un ojo clavado en nosotras mientras el otro examinaba la pantalla de su propio móvil.

—Sofía Gandara y Gaia Maldonado, por favor, acompañadme a mi despacho —nos dijo.

Sin esperar a que dijéramos nada, dio media vuelta y entró en el edificio.

—Así que no nos iban a pillar, ¿eh? —le susurré a mi amiga, que por fin le prestaba atención a algo que no fuera el móvil.

—No se pueden tener aventuras sin correr riesgos, Sofi —me dijo ella, mucho menos preocupada que yo—. Pero dime que no ha merecido la pena...

Caminando por el pasillo al ritmo del último single de Rai Vila, tarareado a mala idea por nuestros compañeros de instituto, me sentí increíblemente ridícula.

Y me di cuenta de que no.

De que nuestra pequeña aventura no había merecido la pena.

CAPÍTULO 5

Setecientas mil visitas. El vídeo que Gaia había colgado en redes había recibido setecientas mil visitas en menos de un día. Intentaba imaginarme a setecientas mil personas juntas y no era capaz. En un estadio de fútbol de un equipo de primera caben, más o menos, noventa mil personas. Setecientas mil personas era casi ocho veces eso...

Pues todas esas eran las que nos habían visto hacer el ridículo máximo. ¡Y eso solo en el primer día que había estado colgado!

No conseguía quitarme la cifra de la cabeza.

Las miraditas que me lanzaba la gente por los pasillos, como si me hubiera convertido en una pequeña atracción local, no ayudaban. Y los constantes recordatorios de mis amigos al respecto tampoco.

—Hoy le han hecho una entrevista a Rai en CrazyWebRadio y le han puesto vuestro vídeo —comentó

Emi en el comedor, al día siguiente de la monumental bronca de la directora.

—¿Sigue colgado en Instagram? —pregunté.

—Claro que sigue colgado. Te crees tú que Gaia va a bajar un vídeo con… ¡casi dos millones de visitas y más de treinta mil comentarios! —me dijo Luis, revisando el perfil de Instagram de nuestra amiga.

—Qué flipante… —comentó Brais, con los ojos como platos.

—Menuda vergüenza —murmuré yo.

—Oye, Sofi, ¿y por qué no le pides que lo elimine, si tan mal lo estás pasando? —me preguntó Emi.

—¡Pues porque llevo sin verla desde ayer, y no me dejan hablar con ella!

Emi, Luis y Brais dejaron de reír y se quedaron mirándome con cara de no entender de qué les estaba hablando.

—Mis padres me han castigado sin móvil y sin internet. Hoy me han traído al instituto en coche para que no fuera a buscarla. Además, en clase no dejan que nos sentemos juntas, y la directora les ha pedido a los profesores que nos pongan trabajo extra, así que me he pasado todos los recreos en la biblioteca. ¡Y ahora ni siquiera sé dónde está!

—Pero si es superfácil localizarla —dijo Brais—. Solo hay que buscar a su legión de fans...

—Mira, por ahí vienen. —Emi señaló hacia la puerta de la cafetería.

Yo esperaba encontrar la melena rubia de Gaia entrando al comedor, pero lo que vi fue un corrillo de personas que tendían bolis y cuadernos a alguien que estaba en el centro.

Alguien que firmaba autógrafos a diestro y siniestro con expresión divertida, como si fuera el mismísimo Rai Vila.

—¡Me lo tengo merecido por decir que era penoso que Rai Vila firmara autógrafos en cuadernos! —reía Gaia a carcajadas.

—Me parece que te va a costar convencerla —comentó Luis con una risilla—. Aquí la colega está disfrutando a tope de sus diez minutos de fama.

—¡Pero cómo puede ser que a ella le pidan autógrafos y que se rían de mí por los pasillos! —protesté, en voz demasiado alta.

Tan alta que Gaia me escuchó desde donde estaba. Despachó rápidamente los autógrafos de broma que le pedían y se acercó a nuestra mesa con media sonrisa en los labios.

—Todo es cuestión de actitud, Sofi —respondió ella antes de darme un beso en la mejilla—.

Tampoco hace falta hacer un mundo de esto. Si tú misma te ríes del ridículo que has hecho, lo que te digan los demás te terminará resbalando.

Yo miré a nuestro alrededor mientras Gaia se sentaba tan campante a la mesa. Abrió la mochila, sacó un bocadillo envuelto en papel de aluminio y le dio un buen mordisco. A mí las miraditas y los cuchicheos de nuestros compañeros me quitaban el hambre. A ella, por lo visto, le abrían el apetito.

Supongo que es precisamente por eso que somos tan amigas: porque somos como el día y la noche, porque nos complementamos. El yin y el yang. Pero, en aquel momento, a mí me habría gustado tener un poco más de su seguridad y descaro.

—Creo que voy a ir a la biblioteca a terminar la montaña de deberes que tengo que recuperar por lo de ayer.

—¿No vas a comer nada? —me preguntó Gaia.

—No —respondí, levantándome de la mesa con impaciencia.

Tenía ganas de desaparecer de la cafetería. Me sentía demasiado expuesta a los ojos de todo el mundo. Y no podía dejar de pensar en los dos millones de pares de ojos (si es que no eran más) que todavía nos estaban viendo y juzgando en redes.

Cuando estiré el brazo hacia el tirante de la mochila, Gaia me cogió de la muñeca.

—Oye, Sofi... —Dio un pequeño tirón para que me sentara y me miró a los ojos—. ¿Qué pasa? Pensaba que tú también querías vivir algo emocionante...

—Y quería, Gaia, pero es que todo esto me supera...

Me dejé caer en el asiento con tanta fuerza que los platos y bandejas de los demás dieron un pequeño bote.

—¡Oye! —se quejó Emi, limpiándose una mancha de tomate que le había salpicado la camiseta blanca—. ¡Un poco más de cuidado, Sofi!

—Eso. Si te calmas, te regalamos invitaciones para nuestra prueba de sonido —se burló Luis, sosteniendo frente a la boca una botella de agua, como si fuera un micrófono.

Brais y Emi le clavaron un codo en las costillas, cada uno por un lado.

—¿Ves? —le dije a Gaia—. No es solo el cabreo que tienen mis padres y la montaña de deberes que nos han puesto los profesores, como si no tuviéramos suficiente con haber perdido un día de clase. ¡Todo el mundo se ríe de mí!

Agaché la cabeza y clavé los ojos en la mesa. Seguramente estaba exagerando, pero sentía que no podía más.

—Yo creo que se te está juntando un poco todo: la bronca; el agobio; la gente, que es un poco imbécil… —dijo Gaia, mirando de reojo a Luis—. Pero no te preocupes, Sofi, ahora mismo quito el vídeo de mi perfil.

—A buenas horas… —protesté—. ¡Si ya lo han visto dos millones de personas!

—Bueno, pero estas cosas hoy son noticia y mañana no se acuerda nadie de ellas. Esto da para un meme y poco más. Dentro de una semana, volvemos a ser anónimas, ya verás —dijo, ligeramente apenada.

Mientras la veía sacar el móvil de la mochila, pensé que Gaia tenía razón. Hoy éramos la sensación del instituto, pero no iba a durar mucho. Para una vez que nos pasaba algo realmente emocionante, me agobiaba y tenía que fastidiarlo…

Gaia iba a pulsar el botón de eliminar, pero yo tapé la pantalla del móvil con la mano.

—Oye, Gaia, no lo quites, en serio. No pasa nada.

Gaia me miró con unos ojos enormes. Se había quedado de piedra.

—¿Ya…, ya lo has eliminado? —pregunté, preocupada—. Pero puedes volver a subirlo, ¿no? Ya sé que has perdido visualizaciones, pero igual si etiquetas a Rai…

—No es eso —dijo Gaia, con voz ronca.

—¿Entonces?

—No va a hacer falta que lo etiquetemos, Sofi —me dijo—. Rai Vila ha empezado a seguirme. Y me ha mandado un DM.

CAPÍTULO 6

Gaia no había terminado de soltar aquel bombazo cuando sonó el timbre que ponía fin a la hora de la comida. Mi amiga le dio el último mordisco a su bocadillo, hizo una bola con el papel de aluminio para tirarlo a la papelera de reciclaje, guardó el móvil y se levantó de la mesa.

—No puedo creer que no nos lo vayas a leer —dijo Luis.

—¿En serio vas a dejarnos con la intriga? —se quejó Emi.

Brais se limitó a cruzar los brazos. En cuanto a mí, estaba tan sorprendida que no sabía ni qué decir.

—¿Y tú no piensas decirle nada, Sofía? —me pinchó Emi.

—Si tiene algo que decirme, que me lo diga de camino a clase —dijo Gaia, cogiéndome del brazo.

—¡Pero no nos dejes así, por favor! —protestaron Luis y Emi a la vez.

—Oye, menos bromas. —Gaia se puso seria—. Os recuerdo que aquí la señorita y yo estamos castigadas. No podemos liarla más, así que nos vamos a clase.

Y me guiñó un ojo.

—Esto… Gaia tiene razón, ¡nos vamos! —dije yo, recogiendo mis cosas a toda prisa.

Mi amiga me agarró del brazo y empezó a reírse entre dientes en cuanto pusimos un pie fuera de la cafetería. Yo noté cómo el nudo de nervios que tenía en el estómago empezaba a deshacerse poco a poco.

—Te has tirado el pisto para gastarles una broma, ¿verdad? —le pregunté, más tranquila.

Gaia volvió la cabeza para mirarme con una sonrisa enorme y unos ojos abiertos como platos. Le brillaban más que nunca.

—¡Ay, la leche, que te ha escrito un privado de verdad!

Gaia se echó a reír a carcajadas y asintió con la cabeza.

—¿Y qué decía?

—No me ha dado tiempo a leerlo entero, ¡era un mensaje larguísimo! —me dijo—. ¿Qué prefieres:

leerlo ahora y llegar tarde a clase, o leerlo después y quedarte con la intriga?

Fruncí el ceño. ¡No era justo que me hiciera eso!

—Entrar a clase, por supuesto. Tú misma has dicho antes que no nos conviene liarla más —respondí, entrando en clase como si el mensaje de Rai Vila no me importara lo más mínimo.

Gaia puso los ojos en blanco.

—Bueno, tú te lo pierdes. ¡Creo que yo lo leeré en clase, cuando el profe no esté mirando! —dijo, sacando el móvil y agitándolo delante de mis narices como si fuera un trofeo.

Intenté disimular, de verdad que lo intenté. Pero no salió bien. Me pasé toda la clase inquieta y nerviosa, como si me hubiera sentado encima de un hormiguero. Para cuando llegó la clase de Lengua ya no me podía aguantar más. Le pasé una nota a Gaia, que estaba cuatro mesas por detrás de la mía.

«¿Estás segura de que es él?», le escribí en la notita.

«La cuenta está verificada, y siempre dice que sus redes sociales las lleva él, así que yo creo que sí», respondió ella.

«¿Me lo puedes copiar?», le pedí.

Gaia puso los ojos en blanco. Primero le digo que no a leerlo, y luego le doy la plasta en pleno comentario de texto. La verdad es que hay veces que no me entiendo ni yo.

Afortunadamente, aunque piense que soy una pesada de pesadilla, Gaia sí que me entiende. Mi amiga sonrió, sacó el móvil de la mochila con disimulo, entró en su perfil de Instagram y empezó a copiar.

Cinco minutos después, aterrizaba en mi mesa una bola hecha con media hoja de papel cuadriculado en la que se leía lo siguiente:

¡Hola, Gaia! Aunque últimamente estás en todas partes, me ha costado dar contigo por redes, ¡pero por fin lo he conseguido! ¡Con lo fácil que fue encontrarnos por la calle! ☺ Como ya nos conocemos (aunque fuera un poco accidentado), supongo que podemos pasar de presentaciones formales, ¿no? El perfil de tu amiga no consigo encontrarlo, así que si puedes transmitirle tú el mensaje, te estaría súúúper agradecido.

Lo primero que quería decir es que, aunque en las redes se hayan reído un poco de mi reacción (¡y de la vuestra!) el día del encontronazo, yo no estoy enfadado, ni nada por el estilo. De hecho, gracias al vídeo que grabasteis (hay que ver lo poquísimo que tardan estas cosas en hacerse virales), la venta de entradas para mis conciertos se ha disparado y hemos tenido que colgar el cartel de aforo completo en casi todas las fechas de la gira. ¡Así que gracias!

Como el otro día tuve que irme tan corriendo (es una manera suave de decirlo), quería terminar lo que se nos quedó a medias: regalaros a las dos entradas para uno de mis conciertos. Me gustaría conoceros y tener tiempo de hablar con vosotras. Pero he pensado que un macroconcierto en un estadio no es un sitio para charlar tranquilos, así que os propongo que vengáis a la grabación del acústico, el sábado que viene, muy cerca de donde nos encontramos la otra vez. De momento, el lugar y la hora de la grabación son confidenciales pero, si aceptáis venir, os hago llegar todos los detalles.

¡Espero que os animéis, estoy deseando conoceros de verdad!

XXXX,

Rai

Leí la nota por lo menos diez veces. Aunque fuera mucho más sencilla que el poema que teníamos que analizar en el comentario de texto, me pareció muchísimo más difícil de interpretar. ¿De verdad había escrito aquel mensaje simpático y desenfadado el mismo chico tímido que había huido de nosotras en la ciudad? No me cuadraba ni un poquito. A mí me sonaba a tomadura de pelo.

Y así se lo hice saber a Gaia cuando terminó la clase, y ella vino corriendo a mi pupitre.

—No le he contestado todavía —me dijo con los ojos brillantes como dos estrellas—, pero ya he escrito una respuesta. Solo tengo que enviarla.

Yo fruncí los labios.

—Porque vamos a ir, ¿no? —preguntó, con un hilillo de voz.

—Gaia, yo... no sé si deberíamos. Seguimos castigadas, tenemos una montaña enorme de deberes extra, los finales están a la vuelta de la esquina, y te recuerdo que no nos dejan ir solas a la ciudad...

—Pero esta vez no nos escaparíamos, ¡pediríamos permiso!

—¿Y crees que nos lo van a dar?

—No es por eso, ¿verdad? —Gaia se apartó el flequillo rubio de la frente y me miró con los ojos entrecerrados—. No me puedo creer que vayas a dejar pasar una oportunidad como esta. ¿En serio vas a perderte un concierto casi privado de Rai Vila por no pedir permiso a tus padres? ¿Qué pasa?

Yo me quedé callada un momento.

Los ojos marrones de Gaia me taladraron como si pudieran leerme la mente, así que al final lo solté.

—No sé, es solo... Es solo que me da mala espina... ¿En serio va a invitarnos a un concierto privado después de la que le hemos liado? Quizá solo busca reírse de nosotras y... No sé, grabarlo también en vídeo, o algo así. Y la verdad es que ya he tenido bastantes vídeos y bastantes risitas. Me apetece volver a la normalidad, que todo el mundo se olvide de lo que pasó y centrarme en los exámenes.

—¿No quieres que conteste, entonces?

—Yo prefiero que no —dije—. Pero si tú te fías y quieres ir sola, me parece bien.

—Si tú no vienes, yo tampoco voy —dijo Gaia, borrando toda la parrafada que había escrito para contestar al mensaje de Rai Vila—. Y no hay más que hablar.

CAPÍTULO 7

Me había costado mucho creerlo, pero Gaia tenía razón cuando dijo que en internet las modas duran muy poco. Diez días después de que hubiera eliminado el vídeo de su cuenta de Instagram, parecía que el encuentro con Rai hubiera pasado en la prehistoria. Se habían acabado los cuchicheos y las miraditas por los pasillos y ahora éramos un par de alumnas modelo en todas las asignaturas. Tanto que nuestros profesores parecían haber olvidado también nuestra pequeña aventurilla. Ahora hasta nuestros padres nos habían levantado el castigo y nos dejaban volver a quedar juntas.

Aunque solo para estudiar, por supuesto. Que se suponía que era lo que estábamos haciendo aquel sábado en casa de Gaia.

—Oye, ¿no está tardando mucho en imprimirse el resumen de Historia? —le pregunté mientras buscaba el tema del libro en el que nos habíamos quedado.

—Esto… ¡Uy, sí! —respondió ella desde detrás del monitor. Llevaba por lo menos diez minutos tecleando algo y yo ya pensaba que debía de haber perdido el archivo—. ¿Puedes mirar la impresora a ver si se ha atascado el papel, o algo así?

Cuando vi que la impresora ni siquiera estaba encendida, enarqué las cejas y miré a Gaia. Mi amiga seguía pulsando algo con insistencia.

Que, claramente, no eran las teclas del ordenador.

—A ver, Gaia, ¿qué estás haciendo?

Ella levantó la cabeza. Apartó la mano del móvil y la apoyó rápidamente sobre el ratón, pero la pantalla del ordenador ni siquiera estaba encendida. Me crucé de brazos y me quedé mirándola con los ojos entrecerrados.

—¿Estabas refrescando Instagram para ver si Rai ha vuelto a escribir? —le pregunté.

Gaia se metió el pelo detrás de las orejas y se mordió el labio, un gesto que hacía siempre que la sorprendían haciendo algo que no debía.

—¿Tú no te arrepientes de haberle dicho que no? —me preguntó en voz baja.

Yo dejé el libro de Historia sobre el colchón y me tumbé en la cama.

—Un poco —dije con la boca pequeña, mirando al techo.

—¡Si es que lo sabía! —gritó, dando un manotazo en la mesa.

—Pero solo un poco. —Me coloqué de lado en la cama para mirarla—. No había otra forma de que se pasara el revuelo en el instituto. ¿Te imaginas que hubiera colgado en alguna de sus redes sociales que había hablado con nosotras y que nos había invitado a su acústico? La bola de nieve solo se habría hecho más grande…

—La bola de nieve, la bola de nieve… Yo tampoco lo veo tan mal, la verdad…

Las dos nos quedamos calladas. Desde que Gaia había bajado el vídeo y habíamos decidido no contestar a Rai, todo había vuelto a la normalidad. Todo, menos nosotras. Nos habíamos pasado la semana entera evitando hablar del tema. Habíamos hablado de estudios, exámenes, cotilleos…, pero de eso no. Sin embargo, yo no había podido evitar verla revisando obsesivamente su cuenta de Instagram, por si acaso. Creo que le hubiera gustado que Rai insistiera, porque así podría haber intentado convencerme a mí. Esta era la primera vez que hablábamos en serio de la decisión que habíamos tomado. O que, más bien, había tomado yo. La verdad es que ella solamente lo había hecho para que yo no me agobiara tanto.

—¿Y por qué no le has contestado tú? —le dije, sintiéndome un poco culpable.

—A buenas horas… —se quejó ella, mirando el reloj—. El mensaje decía que la grabación era hoy, pero ni siquiera sabemos a qué hora. Igual ha sido ya, y todo.

—Yo qué sé, Gaia. No te quedes con las ganas por mi culpa. Contéstale. Lo peor que puede pasar es que te quedes con las mismas ganas de ir que ahora.

Gaia sacudió la cabeza, haciendo volar su melena en todas direcciones, y me miró con esos ojos brillantes que tan bien me conocen.

—¿Si me contesta y me dice que las entradas todavía están disponibles, me acompañas?

—No —respondí sin pensármelo.

—¡Sofi!

—No —repetí, firme—. Primero, porque tengo muchísimo que estudiar, que ya solo queda una semana para los finales. Y segundo, porque…

No terminé la frase.

Sofi enarcó las cejas, curiosa.

—¡Porque mis padres no me van a dejar ir a la ciudad después de la escapadita del otro día! —dije, tumbándome otra vez de espaldas en la cama.

—Pues deberías intentar convencerles para que te dejen, porque Rai me está contestando ahora mismo —me respondió Gaia, divertida.

—¿Que Rai está qué? —Me incorporé en la cama como si en vez de columna vertebral tuviera un muelle.

—Le acabo de escribir diciéndole que nunca miro los mensajes directos, que acabo de ver lo de la invitación... —Gaia sonrió de medio lado—. Y, fíjate tú, le he pillado conectado.

—¿Y qué te ha dicho? —pregunté, corriendo a su lado para ver la pantalla en la que, detrás de los tres puntos suspensivos, se leía «Escribiendo, escribiendo, escribiendo...».

«¡Claro que estáis a tiempo de venir! ¡Puedo mandar un coche de la productora a recogeros, si queréis, porque el concierto es en un par de horas! ¿Me dais vuestra dirección?».

—¿Qué hacemos? —me preguntó Gaia, pero en el brillo de sus ojos vi que ella ya se había decidido.

—¿Y si es un pirado que se está haciendo pasar por él y nos la lía? ¿Y si es peligroso? —empecé a poner pegas yo.

—¿Y si no? —replicó ella.

—Ay, Gaia... Que llevamos fatal el examen de Historia... ¡Y como volvamos a escaparnos vamos a estar castigadas hasta que nos jubilemos!

—Sofi, ¡pero que nos van a poner un coche! —dijo ella—. Mis padres no están en casa, y los tuyos no se van a enterar. Vamos, vemos el concierto, hablamos un rato con Rai y nos volvemos. Y tú luego cuentas que has estado toda la tarde empollando conmigo, y ya está.

—Dame un momento para pensármelo.

—Vale —respondió Gaia, dándose media vuelta para encender el ordenador...

... y ponerme el último single de Rai Vila.

Qué golpe tan bajo.

—Eso es manipulación... —le dije, notando cómo la sed de aventuras me iba invadiendo a medida que escuchaba las primeras notas.

—¿Entonces le digo que nos mande el coche, o nos quedamos estudiando? —me preguntó Gaia, meneando las caderas al ritmo de la música.

—Vamos, vemos el concierto, hablamos con Rai y nos volvemos —dije por fin, con seriedad—. ¡Y esta vez nada de vídeos en Instagram! ¿Prometido?

Junté los índices de las dos manos y la obligué a romper la barrera.

—¡Prometido! —dijo Gaia, cogiéndome de las manos y poniéndose a bailar—. Rai dice que el coche llegará en una hora. Podemos aprovechar.

—¿Para repasar un poco más de Historia? —le pregunté, extrañada.

—¿Qué dices? ¡Para elegir modelito, maquillarnos y aprendernos de memoria la letra del último single! —rio ella—. ¡Ya verás qué noche más emocionante! ¡No te vas a arrepentir, Sofi!

CAPÍTULO 8

—¡Sofi, qué emoción! ¡Que estábamos en lista! ¿Alguna vez has estado en lista en algún sitio? ¡Yo nunca!

La conductora del coche que Rai Vila había mandado a recogernos acababa de dejarnos en la puerta de la sala de eventos. Ya habíamos cruzado el control de seguridad, y Gaia era incapaz de dejar de dar saltos y grititos. Parecía una niña pequeña con una sobredosis de azúcar. Estaba muy divertida. Por eso, cuando frenó en seco, me asusté un poco.

—¿Estás bien, Gaia? ¿Ha pasado algo? —le pregunté.

Levantó una mano con dificultad y extendió un dedo tembloroso para señalar a una persona que había al fondo.

—¡Ostras! ¡Alexis! —dije, tapándome la boca para que no me oyera.

—¡Sí! ¡Y esa de ahí es Silena, la rapera! ¡Y allí atrás está Cecilia Vera, la actriz!

Miré a nuestro alrededor y vi que era verdad. En aquella pequeña sala oscura se reunía toda la gente a la que seguíamos en Instagram y otras redes sociales. Era como si nos hubiéramos metido dentro de nuestros móviles y nos hubiéramos teletransportado a una realidad paralela.

—¿Voy bien? —me preguntó Gaia.

—Vas guapísima —le respondí.

No se lo decía por decir. Iba espectacular, con un mono negro precioso y unos zapatos de tacón color crema.

—¿Y yo? —pregunté, agobiada de repente.

—Perfecta —me dijo, después de mirarme de arriba abajo.

—¿Seguro?

Acababa de darme cuenta de que llevábamos *looks* completamente distintos. Mientras que Gaia iba muy arreglada, yo había elegido un modelito bastante más alternativo: una camiseta negra, unos vaqueros *boyfriend*, una cazadora vaquera ancha y unas zapatillas con doble suela. Toda la ropa era de Gaia, pero ella nunca la habría combinado así.

—La verdad es que no tengo ni idea de cómo se viste la gente para ir a estas cosas —rio ella al ver que no nos habíamos puesto ni un poquito de acuerdo. Luego, respiró hondo, tragó saliva y me cogió del brazo para arrastrarme hacia donde estaba aquel chico que sobrevolaba Nueva York en helicóptero.

—¿Qué haces? —me alarmé, soltándome de su brazo.

—Pues ¿qué voy a hacer? ¡Aprovechar para hablar con todo el mundo que pueda!

—¡Pero si no le conoces de nada!

—Vaya que no... —repuso Gaia—. Me sé su vida de memoria. ¡Lo enseña todo en sus redes sociales!

—Ya, Gaia, pero eso no es conocer a alguien...

—¡Ay, Sofi, de verdad, qué peñazo! —se quejó—. Ya sé que no es lo mismo que conocerla en realidad, pero eso es precisamente lo que me propongo hacer. Esta es seguramente nuestra única oportunidad para hablar con toda esta gente, y no pienso desaprovecharla. ¡Tú haz lo que quieras!

Gaia me dio la espalda y fue derecha hacia la barra donde Alexis estaba pidiendo algo de beber...

... y yo me quedé sola, sin saber muy bien qué hacer. De repente, ya no me apetecía estar allí. Volví a sentirme agobiada porque me dio por pensar en que debería estar estudiando… y aterrada por la posibilidad de que mis padres se enteraran de nuestra pequeña escapada.

Vamos, vemos el concierto y nos volvemos, me recordé, respirando hondo.

No sabía cuánto faltaba para que empezara la actuación. Como me sentía incómoda entre tanta gente importante y desconocida, decidí ir a una parte más tranquila de la sala. Elegí una zona oscura y apartada desde donde podía ver toda la estancia y me dirigí allí. La verdad es que aquel espacio era una preciosidad: el suelo era de tatami, y tenía diferentes ambientes separados por biombos de bambú y papel de arroz. Dispersas por la salita vi pequeñas mesas bajas frente a las que había que sentarse de rodillas, y todo estaba pintado de diferentes tonos de negro con algunos detalles lacados en rojo. En el centro de la sala estaba colocada una especie de pecera de agua transparente, tan grande que en realidad parecía un estanque. En el agua nadaban dos grandes peces blancos con una mancha roja en la cabeza, como si fuera un gorro.

Cuando me acerqué a mirarlas, curiosa, una voz suave habló a mis espaldas:

—Son *kois*.

Me di la vuelta, sobresaltada.

El que había hablado era un chico vestido de negro. No podía distinguir su rostro entre las sombras, pero su voz me resultaba familiar.

—¿Perdón?

—Son *kois*, carpas japonesas. Los japoneses las utilizan para decorar los estanques de sus jardines porque son muy bonitas.

—¡Claro! ¡Ya sabía a qué me recordaba este sitio! —dije, de repente—. Está ambientado como un *ryokan*, un alojamiento tradicional japonés, pero en tonos negros y rojos…

En la oscuridad, el chico desplegó una sonrisa de dientes blancos.

—¿No te esperabas que supiera lo que es un *ryokan*? —le pregunté, divertida.

—La verdad es que no… ¿Has estado en Japón?

—No, no he estado nunca. Pero me encanta su decoración minimalista y su manera de ambientar los espacios… Cuando vaya a la universidad, me gustaría ser diseñadora. ¿Tú sí has estado en Japón?

—Un par de veces —dijo el chico. Y luego añadió tímidamente—: De gira.

—¿De gira?

—Sí, de gira... —repitió, inclinándose ligeramente hacia delante y saliendo de las sombras.

Y entonces le vi la cara.

Me quedé tan sorprendida que me tambaleé de espaldas y estuve a punto de caerme al estanque de las carpas. El chico dio dos rápidas zancadas y me sostuvo para evitar que me diera un chapuzón delante de todo el mundo. Y ahí, viéndole a menos de diez centímetros de mi cara, no me quedó ninguna duda de que era...

¡Rai Vila!

—¡Perdona, no quería asustarte!

Parecía que acabáramos de terminar de bailar un tango: yo tenía la espalda arqueada hacia atrás y él me sostenía, con una fuerte mano apoyada entre los hombros y otra rodeándome la cadera. Estábamos tan cerca que había notado el calor de su aliento en la piel cuando me había hablado.

—No pasa nada —dije yo, desviando la mirada—. Es que no esperaba que estuvieras aquí.

—Bueno, al fin y al cabo, el concierto lo doy yo... Si podías esperar ver a alguien hoy, creo que ese soy yo —rio él con timidez.

Yo también reí.

—En eso llevas razón. Me corrijo: no me esperaba que Rai Vila, el centro de todo este evento, estuviera escondido en el rincón más oscuro de la sala donde va a dar su concierto.

—Me alegro de que al final hayáis venido, Sofi —me dijo. Yo me quedé helada. No esperaba que se acordara de mí. O, por lo menos, no esperaba que fuera tan directo—. El otro día fue muy confuso para todos, y me parecía que era lo menos que podía hacer por tu amiga y por ti.

—Gra… gracias —dije.

—¿Ha sido muy incómodo? —me preguntó.

—¿El viaje en coche? —respondí yo, aturdida—. ¡Para nada! La conductora que nos has mandado es un amor y…

—No, no me refería al viaje —me interrumpió con suavidad—. Me refería a todo el revuelo del vídeo. ¿Se han metido mucho con vosotras en el instituto? ¿Os han acosado mucho por redes sociales?

—Bueno, pues… —empecé a balbucir—. Un poco, pero…

—Me lo temía —dijo—. Yo es que lo paso un poco m…, cof, cof, cofcofcofcof…

El chico de manos fuertes que acababa de sostenerme se sacudió tan fuerte a causa de la tos que parecía que estuviera a punto de romperse.

—Oye, ¿estás…, estás bien? ¿Puedo traerte algo? —le pregunté, mirando a la barra.

—No te preocupes…, cofcofcof…, estoy bien —me tranquilizó, extendiendo una mano para que no me acercara. Señaló una puerta que daba a un patio exterior—. El ambiente está muy cargado, creo que necesito salir un momento. Ahora vuelvo, te lo prometo.

Salió corriendo con un extraño tambaleo, sin dejar de toser, y desapareció de mi vista.

No sabía qué hacer. Quería ayudarle, pero me había pedido claramente que le dejara unos minutos de intimidad. Al final, me quedé junto al estanque y esperé a que volviera.

De repente, me di cuenta de que el corazón me latía muy deprisa. No había estado ni diez minutos con Rai Vila, pero había sentido una conexión muy extraña con él. Era guapo, educado, tímido…, como si él también prefiriera estar en cualquier otro lugar antes que allí. Como si se sintiera tan incómodo como lo estaba yo en medio de toda aquella gente famosa e importante.

Pero aquello no tenía ningún sentido, ¿verdad? Era Rai Vila, el cantante del momento.

Todos los amigos, actores, *vloggers* e *influencers* que había a mi alrededor eran amigos suyos. Debería haberse sentido en su salsa.

Y, sin embargo, resultaba evidente que no era así.

Estaba apoyada contra la barandilla del estanque, pensando en lo extraño que era todo aquello, cuando noté una mano suave en la parte baja de la espalda.

Me di media vuelta con una sonrisa, esperando que fuera Rai, que acababa de volver del patio, pero no.

Era Gaia.

—¡Llevo un cuarto de hora buscándote! —me dijo—. ¿Dónde te habías metido?

—Estaba... —De repente, no me apetecía contarle a Gaia lo que había estado haciendo—. Nada, dando una vuelta por la sala, viendo la decoración.

—Pues ven conmigo, esto está a punto de empezar —me dijo, enhebrando su brazo con el mío—. ¡Tenemos asientos en primera fila!

Gaia señaló el lugar donde estaba la silla desde donde Rai iba a dar su concierto. Su nuevo mejor amigo Alexis le hacía gestos con la mano, señalando las dos butacas que nos había reservado, para que fuéramos a ocuparlas.

Gaia me miró con esos dos ojos brillantes a los que es imposible negarles nada y una sonrisa en los labios.

—¿Vamos?

—Vamos.

—A disfrutar del concierto —me dijo Gaia al oído mientras caminábamos juntas.

Pero no sabía que, para mí, el disfrute estaba a punto de terminar.

* * *

El concierto acústico iba a ser íntimo de verdad. Tanto que ni siquiera había un escenario como tal: solo una silla alta, una guitarra y un micrófono. Los instrumentos del resto de miembros del grupo se encontraban a pocos pasos detrás de la silla, casi completamente a oscuras. La única iluminación era un foco que caía sobre la silla de Rai como una cascada de luz.

La escenografía era preciosa. Parecía que Rai y yo compartíamos el mismo gusto en cuanto a decoración: los dos teníamos debilidad por los escenarios minimalistas. Sonreí para mis adentros, nerviosa. Nuestra conversación había sido breve, pero yo estaba emocionada. Intuía que, debajo de aquella máscara que tenía que usar en público, Rai Vila ocultaba un mundo interior muy interesante. Un mundo con el que yo, aún no sabía muy bien por qué, sentía que conectaba…

Las luces se apagaron, y yo noté que el estómago se me cerraba un poco. ¿Qué pasaría cuando apareciera en la silla? ¿Me miraría? ¿Me sonreiría?

Estaba muerta de nervios.

Pero, cuando se encendió la luz, los nervios desaparecieron como una nubecilla de vapor.

Rai Vila me miró. Me sonrió…

… y después se pasó el resto del concierto mirando y sonriendo a Gaia, como si se lo dedicara a ella.

Mi amiga parecía a punto de despegar de su asiento. Me había dado la mano y me la apretaba con tanta fuerza que me estaba cortando la circulación en los dedos.

—Gaia, afloja un poco. Me haces daño —me excusé.

—Ay, es verdad, ¡perdona! Es que… —dijo, con los ojos como platos—. No me quita ojo de encima. ¿O me lo estoy imaginando?

Yo puse la mejor sonrisa falsa que fui capaz de fingir, aguanté como pude el resto de la actuación y, tan pronto como Rai terminó la última canción y salió del escenario, le pregunté a Gaia:

—¿Nos vamos ya?

—¡¿Ya?! —se sorprendió. Ni que le hubiera pedido que me donara un riñón—. ¡Pero si ahora hay un cóctel, y va a estar Rai! ¿No quieres hablar con él? Eso formaba parte del plan… —añadió, con voz suplicante.

Yo suspiré y saqué el móvil del bolso para mirar la hora.

—Son las diez —razoné—. A las doce tenemos que estar en casa, así que voy a avisar a la conductora de que nos espere en la puerta a las once y cuarto. Ni un minuto más. —Era una afirmación, no una pregunta. Gaia intentó protestar, pero yo me adelanté—: Venir, ver el concierto, hablar con Rai y estar en casa antes de que mis padres se den cuenta de que no estamos. Me lo prometiste.

—Ya, pero…

—Pero nada —zanjé—. A las once y cuarto te espero en la puerta. Si no estás, me voy sin ti.

—Eh… Sí, vale.

Gaia ya no me estaba escuchando. Rai Vila acababa de salir de donde se hubiera escondido e iba derecho hacia ella, ignorando a todos los que le pedían que se parara un momento para hablar con ellos. Yo fui a saludarle, sonriendo y esperando retomar la conversación donde la habíamos dejado.

—¡Hola! —me dijo, mirándome con los ojos entrecerrados—. Sofi, ¿verdad?

¿Cómo era posible que no se acordara ni de mi nombre? ¡Si no habían pasado ni dos horas!

—No te preocupes —respondí yo—. ¿Estás…? ¿Te encuentras mejor?

Él me miró como si no me comprendiera.

—De lo de… Del ataque de tos de antes —expliqué.

—Ah… —Rai se puso rojo y carraspeó. Volvía a parecerse al chico con el que había charlado antes—. Sí, estoy mucho mejor, gracias. Un pequeño ataque de alergia, me pasa a veces. —Miró a algún lugar a mi espalda, impaciente—. ¿Hablamos luego? —me preguntó mientras me esquivaba y avanzaba hacia el lugar donde estaba Gaia.

Rai y yo no volvimos a hablar más en toda la noche.

Para ser sinceros, no habló ni conmigo, ni con nadie más.

Se pasó el resto de la noche conversando, bromeando y riendo con Gaia. Cuando terminó el cóctel y empezó la música, bailaron juntos como si no hubiera nadie más en la pista.

Yo lo vi casi todo desde lejos, desde mi rincón junto al estanque.

Y digo casi porque, cuando a las once y diez pasé junto a ellos para ir al coche que debía llevarnos a casa, vi, desde bien cerca, que Rai Vila estaba besando a Gaia.

CAPÍTULO 9

El lunes por la mañana, cuando Gaia abrió la puerta de su casa para ir al instituto, yo ya estaba esperándola.

—Anda, mira quién ha aparecido… —me dijo, con retintín.

—¿Pensabas que no iba a venir a buscarte? —le pregunté, con el mismo tono que había usado ella.

—No sé, como últimamente te gusta hacer las cosas sola… —insistió—. Como, por ejemplo, volverte a casa el sábado. ¡Me dejaste colgada y sin coche!

—Te avisé de que no iba a esperarte: no podía arriesgarme a que me pillaran —respondí, seria—. Además, estabas muy entretenida. No creo que tuvieras demasiados problemas para volver a casa. Eso, si es que volviste… —añadí, con una ceja enarcada y media sonrisa.

—¡Sofi! —dijo ella, dándome un golpe cariñoso—. ¡Claro que volví! Me trajo Rai en moto, después de que terminara todo. Menos mal que mis padres estaban fuera, porque con lo tardísimo que llegué me habría caído una buena bronca. Me mandó un mensaje cuando volvió al hotel… Y ayer me desperté y ¡me había dado los buenos días! Me dijo que estuvo súper a gusto conmigo y que lo volvería a repetir mil veces más. ¿Se puede ser más mono?

Gaia siguió parloteando y contándome cosas sobre Rai. Pensé que se habría dado cuenta de que estaba enfadada con ella, pero no. Ni siquiera me había escrito durante el fin de semana para ver cómo estaba. Claramente había estado demasiado ocupada mandándose mensajitos con Rai Vila. El alegre cacareo de Gaia, que en aquel momento era la banda sonora de mis pensamientos, paró de repente. Entonces me di cuenta de que acababa de hacerme una pregunta que no sabía cómo contestar, porque ni siquiera sabía cuál era.

—Estás pasando muchísimo de mí, Sofi —me dijo al ver que no la estaba escuchando. De repente frenó en seco, me agarró por los hombros y me miró fijamente a los ojos—. Ay madre, ya sé qué te pasa.

—¿Qué me pasa? —le pregunté, curiosa. Me parecía asombroso que ella lo tuviera tan claro cuando ni siquiera yo sabía muy bien lo que me pasaba.

—Pues que estás celosa —declaró Gaia, con sus chispeantes ojos marrones apagados por una vez—. ¡Sofi, lo siento un montón! ¡Sabía que te gustaba Rai, pero no de esa manera! Yo no pensé… No me he dado cuenta…

Yo la escuché boqueando como un pez, buscando las palabras adecuadas, pero sin saber bien qué decir. ¿Estaba celosa? En realidad, no. El Rai que a mí me había gustado no era el mismo Rai que le gustaba a ella. A mí me había cautivado el chico tímido que se agobiaba cuando se le acercaban las fans por la calle, el que me había explicado lo que era un *koi*, el que había estado en Japón pero no alardeaba de ello, el que se había acordado de mi nombre y me había preguntado si lo habíamos pasado mal por culpa de la atención mediática… El supersociable animal de escenario del que se había colgado Gaia no me interesaba ni un poquito, la verdad.

Así que no, no estaba celosa. Solo dolida. Dolida de que Rai hubiera mostrado conmigo una cara que no era real solo para encandilarme. Pero, sobre todo, estaba confusa.

—No, qué va… —le dije, dándole un abrazo para tranquilizarla—. A mi Rai siempre me ha gustado mucho, pero solo como cantante. ¡Si no me pega nada! Siempre de evento en evento y con tanta vida social… ¡Con lo parada que soy yo!

—Bueno, yo no sé si diría que es mi novio… Solo nos hemos dado un par de besos, y la verdad es que…

—La verdad es que, dentro de poco será tu novio, porque solo había que ver cómo te miraba el sábado. —Le di un pequeño codazo—. ¡Parecía que solo tenía ojos para ti!

Gaia me dedicó una sonrisa resplandeciente. Se la notaba feliz. Por primera vez en mucho tiempo no se quejaba de lo aburrida o agobiada que estaba. No podía ser yo quien le pinchara aquella burbuja.

Traté de ignorar mi confusión mental durante el resto del camino y escuchar las vibrantes palabras de mi amiga. Pero, a medida que nos acercábamos al instituto e íbamos encontrándonos con nuestros compañeros, la cosa se iba volviendo cada vez más difícil.

No sabía si estaba teniendo un *flashback* o si, directamente, estaba paranoica, pero sentía que todos nos miraban, cuchicheaban y nos apuntaban con el dedo… ¡Era igual que cuando Gaia había subido el vídeo de Rai en la ciudad!

—¡Gaia, tía, no me lo puedo creer! —le dije, dándole un tirón de la mochila antes de entrar en el instituto.

—¿El…, el qué? ¿Lo de Rai? ¡Pero si estabas allí, tú también lo viste!

—¡No te hagas la tonta! —grité, enfadada—. ¡Me prometiste que no ibas a subir nada!

—Sofi, te juro que no tengo ni idea de…

—¡Me dijiste que no ibas a subir ningún vídeo de ayer, me lo prometiste! —expliqué—. ¡Y está claro que no me has hecho ni caso!

Gaia miró a nuestro alrededor y se dio cuenta de que todos los ojos estaban clavados en nosotras.

—Llámame loca, pero igual es porque estamos discutiendo a gritos en la puerta del instituto… —se disculpó, con una sonrisa.

—No puedo creerlo. Te lo pedí por favor. No quiero que nos vuelvan a castigar.

—Sofi. —Me agarró de la mano, seria—. Te juro que yo no he subido nada. Te lo juro por lo que más quieras.

Nada me habría gustado más que creerla, pero éramos las únicas que sabíamos lo que había pasado el sábado. Y yo, desde luego, no se lo había contado a nadie. Así que tenía que haber sido ella.

Me separé de Gaia y, sin decir nada, entré en el instituto y no miré atrás.

De repente, todo lo que había pasado durante el fin de semana me pareció un error tremendo. Qué idiota había sido. Por un momento había creído que en el concierto iba a pasar algo especial, que quizá podría vivir una aventura. Pero la aventura, para variar, la había vivido Gaia mientras yo miraba desde lejos, que por lo visto es lo que mejor se me da. Y encima me sentía egoísta, porque debería estar contenta por lo feliz que estaba mi mejor amiga, y no sentirme triste y traicionada.

¿No?

Pues no. En aquel momento solo quería que mi vida volviera a ser normal, olvidar todo lo que había pasado y volver a la rutina, a lo mismo de siempre.

Pero algo me decía que eso no iba a ser posible.

CAPÍTULO 10

Me pasé el día entero evitando a Gaia.

Pero no me libré de enterarme del *trending topic* del instituto: #Graia. Sí, lo de Gaia y Rai ya era oficial. No sabía cómo había llegado a oídos de todo el mundo, ni tampoco quería saberlo, pero en los pasillos y en las clases no se hablaba de otra cosa. De vuelta a casa, hasta me topé con un par de chicas que iban mandando notas de audio a sus amigos: «Buah, qué fuerte lo que ha pasado entre Gaia y el cantante, ¿verdad? Un día no te conoce nadie, y al siguiente te crees famosa».

Nada más llegar a casa subí las escaleras y fui directamente a mi habitación. Ni siquiera hice la parada de rigor en la cocina, porque cuando vuelvo de clase siempre tengo un hambre de lobo. Me senté frente al escritorio, abrí la mochila, saqué los libros y me puse a hacer deberes para intentar dejar de pensar un rato.

Pero me resultaba imposible concentrarme.

Con la cantidad de cosas que tenía que hacer, ¡no podía permitirme tener la cabeza en las nubes!

Ha sido un día un poco raro, date un respiro, me dije. Abrí Spotify y me puse una lista de reproducción al azar. ¿Y sabéis cuál fue la primera canción que sonó?

Por supuesto, la de Rai Vila.

—Uf —resoplé, levantándome del escritorio y dejándome caer en la cama de espaldas. Apagué Spotify, y me metí en Instagram. Total, ya que no podía deshacerme del fantasma, mejor enterarme cuanto antes de qué era lo que había subido Gaia. Así al menos estaría preparada cuando me cayera la bronca de mis padres.

Pero Gaia no había subido nada, porque Gaia no había faltado a su promesa. En su perfil no había subido ni vídeos, ni fotos, ni un triste *stories* del día del concierto privado.

Entonces, ¿cómo se había enterado la gente del instituto?

Una sospecha se encendió en mi mente. El acústico estaba lleno de personajes famosos e *influencers* que sumaban, entre todos, varios millones de seguidores. Seguro que ellos habían subido imágenes del evento.

Revisé los perfiles de Alexis, Silene y Cecilia Vera y... ¡bingo! Los tres habían subido vídeos del concierto y de la fiesta en los que se veía a Gaia y Rai mucho más que acarameladitos.

«¿A quién está besando Rai?», era el comentario más repetido en sus muros.

No sabía cómo no se me había ocurrido antes.

Cerré inmediatamente Instagram y abrí WhatsApp para escribirle un mensaje a Gaia.

«Te debo una disculpa», le dije.

«Ya lo sé. Y se me acaba de ocurrir la manera perfecta de que me lo compenses. ;-)», respondió ella inmediatamente.

Gaia estaba conectada… y tramando cosas.

* * *

Gaia no es una persona rencorosa, pero me hizo pagar mi enfado con creces. Porque la penitencia que me puso para perdonarme fue que la acompañara, aquel mismo fin de semana, al plan al que la había invitado Rai.

—No, no, no. No me pidas eso. —Intenté escaparme—. ¡Sabes que estoy agobiadísima y que tengo muchísimo que estudiar!

—Me lo debes —me recordó ella, seria—. Además, no vienes de sujetavelas: viene toda la banda de Rai, y sus bailarines. ¡Igual hasta conoces a alguien que te interese! —me sonrió, guiñándome un ojo.

Dudaba mucho que alguien de ese círculo pudiera atraerme, pero, de todas maneras, fui con ella. No tenía otra opción. La única condición que puse fue que, esta vez, no lo hiciéramos a escondidas de nuestros padres. En un primer momento dijo que lo de escaparse era mucho más emocionante, pero yo le recordé lo que había pasado en el concierto: íbamos a estar rodeadas por un montón de gente muy influyente, así que lo más seguro era que se supiera de alguna manera que estábamos con ellos.

Yo tenía la esperanza secreta de que nuestros padres nos dijeran que no, pero, para mi sorpresa, nos permitieron quedar con Rai siempre y cuando lo hiciéramos... ¡en el pueblo!

—Estáis de coña —se le escapó a Gaia, cuando sus padres y los míos nos reunieron a las dos en mi casa para comunicarnos su decisión.

—No, no estamos de «coña» —dijo su padre—. Si tantas ganas tiene ese chico de quedar contigo, no le importará que sea aquí, ¿no?

—¿Y qué hacemos, le llevamos a la bolera a darlo todo? —preguntó ella, cada vez más enfadada.

—Por ejemplo... —respondió su madre, divertida.

No sé si lo que pretendían era quitarnos la idea de quedar con alguien tan famoso. Pero, si pensaban que Gaia se iba a dar por vencida tan rápido, es que no conocían a su hija.

—¡No me puedo creer que os dediquéis a hacer guías para que la gente conozca el mundo y no queráis que vuestra propia hija salga de este pueblucho! —les gritó mientras salía de mi casa con un portazo...

... y convencía a Rai de que la bolera de nuestro pueblo era el nuevo sitio de moda.

Y no solo consiguió que su primera cita con Rai Vila fuera en el sitio donde pasábamos todos los fines de semana desde que éramos pequeñas, sino que convirtió ese sitio en el nuevo local de moda. Una bolera rural vintage. Los dueños no daban abasto (desde que Rai y sus amigos la habían publicitado en redes, estaba llena incluso entre semana) y nuestros compañeros de instituto nos consideraban unas heroínas por transformar un sitio bastante aburrido en un desfile constante de famosos e *influencers*.

Yo parecía la única a la que no le hacía demasiada gracia tanta atención mediática. Las dos primeras veces que Gaia me había invitado a ir con ellos había aceptado porque me sentía culpable. Pero a la tercera intenté librarme como pude.

—Sofi, por favor, no me dejes sola. Estoy muy a gusto con los amigos de Rai, y tal, pero… me lo paso mejor cuando estás tú.

Se la veía tan ilusionada que al final nunca podía decirle que no. Así que aquella tercera vez acabé acompañándola, como las dos anteriores, aunque era evidente que no estaba precisamente en mi salsa.

—¿Qué tal llevas lo de que tu mejor amiga salga con una estrella internacional como Rai? —me preguntó un día Ciro, el guitarrista de la banda.

Miré a lo lejos, y vi que Gaia y Rai estaban de pie junto a una de las pistas, haciéndose fotos promocionales con un montón de fans entusiasmados, todos vestidos con camisetas de sus conciertos y los famosos zapatos bicolor de la bolera.

Rai parecía estar en su salsa.

Sonríe. Habla, Firma. Foto.

Siguiente.

Volví a girarme hacia Ciro. De todos los amigos de Rai, era con el único con el que había congeniado.

Era sensible, atento y divertido. Y tan tímido como yo. Las pocas veces que nos quedábamos solos, nos costaba dar el paso y ponernos a hablar.

Vaya dos.

—Bien, supongo…

Bien, Sofi, un diez en matar temas de conversación con la primera frase, me dije.

—No pareces muy convencida…

—A ver, resulta un poco raro que, en cuestión de pocas semanas, tu mejor amiga tenga más de medio millón de seguidores en redes y firme una exclusiva con una revista.

—Ya, a mí me pasa un poco lo mismo —reconoció Ciro—. Rai y yo nos conocemos desde que éramos pequeños, formamos la banda cuando estábamos en nuestro primer año de instituto. La verdad es que yo no llevo tan bien como él la atención mediática. Me da mucha envidia, me gustaría disfrutarlo más.

—¿Y por qué crees que no lo disfrutas?

—En el instituto se metían mucho conmigo porque soy gay —dijo Ciro, mirando al suelo.

—¿En serio? Pero… ser gay no es nada de lo que avergonzarse.

—Bueno, a los idiotas de mi curso no se lo parecía. Aprendí a pasar lo más desapercibido posible para que mi vida no fuera un infierno, y ahora, cada vez que llamo demasiado la atención... —Miró hacia Rai—. Lo paso mal. Pero él se lo pasa de maravilla, claramente.

—¿De verdad lo lleva tan bien, o es una pose? —Ciro me miró, extrañado—. O sea, lo pregunto porque el día en que Gaia y yo lo conocimos... Bueno, a mí me pareció que no lo llevaba tan bien.

Ciro apretó los labios y me miró muy serio, como si estuviera a punto de decirme algo importante pero no se atreviera.

—Todos tenemos días mejores y peores —dijo, al fin—. Supongo que le pillaríais en uno malo...

Y, acto seguido, se levantó y se fue.

Su reacción me dejó muy sorprendida. ¿Había dicho algo que le había molestado? Claramente, sí, pero no lograba descifrar el qué. De repente, empecé a sentirme muy incómoda. Me levanté de la mesa en la que estaba sentada, sola, y fui hasta donde estaban Rai y Gaia.

—Oye, Gaia, creo que me voy a ir a casa —le dije—. No me encuentro muy bien.

—¿Quieres que le pida a alguien que te acompañe? —me ofreció Rai.

Yo me quedé callada. Era la frase más larga que me había dedicado desde el día del concierto acústico. Por lo general era agradable conmigo, pero no se dirigía directamente a mí más que para saludarme y despedirse. A veces daba la sensación de que nunca hubiéramos hablado a solas.

—No, no hace falta. Vivo aquí al lado —dije, y me marché.

Di un paseo por el pueblo y pensé en llamar a Emi, Luis y Brais para pasar una tarde un poco más tranquila, pero lo cierto es que me apetecía estar sola (y, total, seguro que acabábamos en la bolera), así que al final me fui a casa.

No había terminado de tumbarme en la cama cuando me vibró el móvil con un mensaje.

Seguro que es Gaia, que quiere que vuelva, pensé.

Pero el mensaje era de un número desconocido.

«Oye, Sofi, ¿estás bien? Te he notado rara», me preguntaba.

Solo podía ser de Ciro, que debía haberle pedido mi teléfono a Gaia. Seguro que se arrepentía por ser tan seco conmigo. Se me puso una sonrisa tonta en los labios y fui a contestar, pero antes pulsé en su foto de perfil para asegurarme de que era él.

La sonrisa se me borró inmediatamente cuando me di cuenta de que el que acababa de escribirme era… Rai.

Rai Vila, el cantante del momento.

Rai Vila, el novio de mi mejor amiga.

CAPÍTULO 11

—Sofi, cielo, ¿estás bien?

La voz de mi madre me sacó de mis pensamientos. Cuando me giré para mirarla, y me vi rodeada de libros, me acordé de que había ido con ella a la librería de la ciudad a buscar la última lectura obligatoria del semestre. Llevaba un cuarto de hora caminando como una zombi por entre los estantes, y ya ni me acordaba de lo que estaba haciendo allí. Mi madre me devolvió la mirada con cara de preocupación y los brazos en jarras.

—Sí, mamá, perfectamente, ¿por?

—Porque es como si estuvieras en cuerpo, pero no en mente —dijo, acariciándome la mejilla y metiéndome un mechón de pelo detrás de la oreja—. Sé que estás agobiada con los exámenes, pero me estás empezando a preocupar. Saques la nota que saques, tu padre y yo estaremos muy orgullosos de ti. Te has esforzado mucho…

—Ya lo sé, mamá. No es eso.

—¿Entonces? —insistió ella—. Pensaba que estarías un poco más despejada, ahora que sales tanto con Gaia y esos amigos nuevos que os habéis echado.

Me lo dijo con los ojos entrecerrados, como si sospechara que acababa de dar en el clavo. Yo hice como si no la hubiera escuchado y seguí examinando los estantes en busca del libro de Lengua.

—No vas a contarme qué te pasa, ¿no? —atacó por tercera vez.

Suspiré. No es que no quisiera contárselo: es que ni siquiera sabía qué se suponía que tenía que contarle. Hacía cuatro días que Rai me había escrito, y yo no podía había dejado de darle vueltas a la cabeza ni un solo segundo desde entonces.

«Oye, Sofi, ¿estás bien? Te he notado rara».

Me quedé mirando el móvil sin saber muy bien qué hacer. No tenía ningún sentido que Rai apenas me dirigiera la palabra cuando estábamos juntos y que, luego, me escribiera un mensaje para preguntarme cómo estaba. Podría haberlo hecho en persona, ¿no? A no ser que…

A no ser que no quisiera que Gaia se enterase.

Un escalofrío me recorrió la espalda. ¿Y si quien le había dado mi número no era ella? Podría haber sido Ciro. O incluso podría habérselo pedido a Emi, Luis o Brais en la bolera. Tenía miedo de que Gaia se mosqueara conmigo porque su novio me hubiera escrito sin que ella lo supiera. Vale que era un mensaje completamente inofensivo, pero… ¿a qué estaba jugando Rai?

«Sí, tranquilo, todo bien. Un poco estresada con los exámenes, nada más. Gracias por preguntar».

Sencillo, directo, elegante. Crisis solucionada.

O lo habría estado, si la conversación hubiera acabado ahí.

«Los exámenes, la universidad, el qué haré después con mi vida… No me extraña que estés harta. Cuando todo esto acabe, deberías relajarte un poco».

«Y que lo digas. Pienso tomarme unas buenas vacaciones».

«Quizá podrías hacer un viaje. Eso cura todos los males».

«¿Un viaje?», pregunté. No sabía muy bien qué se suponía que debía contestar a eso. «¿A dónde?»

«Si todo va bien, podríamos ir a Japón».

Creo que estuve casi un minuto entero con la vista clavada en el móvil, tratando de descifrar lo que acababa de leer. Tenía la boca seca, el corazón me latía como loco y el pecho me ardía como una hoguera. ¿Cuántas combinaciones de significado diferentes podían tener ocho palabras? Si aquel hubiera sido un problema de probabilidad de los que hacíamos en Matemáticas, habría sabido resolverlo. Pero parecía más bien una de esas complicadas preguntas de Filosofía que no tenían una sola respuesta correcta y traían consigo un montón de dilemas morales.

Aquello estaba mal. Estaba agobiada, confundida, enfadada. No podía seguir con aquella conversación. Y menos a espaldas de mi mejor amiga. Lo primero que tendría que haber hecho era llamarla para contarle lo que estaba pasando, pero ¿qué iba a contarle? Ni siquiera sabía lo que estaba pasando.

Por supuesto, no volví a contestar a Rai. Lo mejor era acabar con aquello cuanto antes, así que, decidida, bloqueé el número y lo borré de mis contactos. Si en algún momento él sacaba el tema delante de Gaia, al menos quedaría claro que yo había actuado como lo hace una amiga. Y, si Rai quería hablar conmigo, que lo hiciera delante de ella.

—¿Has encontrado ya el libro? —me preguntó mi madre cuando se dio cuenta de que llevaba casi cinco minutos parada frente a la misma estantería.

—Sí —respondí, sacándolo de una de las baldas.

—Venga, pues vamos a pagar y a pasar por la farmacia. —Se miró el reloj—. Dentro de poco empezará la gente a salir del trabajo, y ya sabes cómo se pone el tráfico.

La alergia a los atascos de mi madre la aventurera me arrancó una sonrisa. Cuando tenía mi edad, ella seguramente también había soñado con vivir aventuras, pero las emociones fuertes le venían tan grandes como a mí. A mi madre le encantaba la ciudad, pero donde de verdad era feliz era en su pequeño pueblo, sin tráfico y sin agobios. Yo quería vivir cosas intensas y luego, cuando me pasaban, no sabía cómo reaccionar. En realidad, nos parecíamos más de lo que yo pensaba.

Salimos de la librería y montamos en el coche. Cuando llegamos frente a la farmacia, no encontramos sitio para aparcar, así que mi madre dejó el coche en doble fila.

—Vuelvo enseguida. Si hace falta que mueva el coche, ¿me avisas?

—Claro, mamá.

Saqué el móvil para entretenerme, pero casi no me quedaban datos y tuve que volver a guardarlo en el bolso. Me puse a mirar por la ventanilla y vi que estábamos justo delante del parque donde

Gaia y yo habíamos visto a Rai por primera vez. No quería volver a pensar en eso, así que salí del coche y decidí acompañar a mi madre. La farmacia tenía unos ventanales enormes, y podía vigilar el coche desde dentro. Abrí la puerta del copiloto y... a punto estuve de golpear a un chico vestido con gorra y gafas de sol. Un chico que parecía ir con muchísima prisa.

Un chico que habría jurado que se llamaba Rai Vila.

Cerré la puerta del coche y traté de alcanzarle, invadida por un valor desconocido. Aquel era el momento perfecto para aclarar las cosas con él.

Rai iba por la calle con la cabeza gacha. Caminaba rápido y esquivaba todo y a todos, como si estuviera en una carrera de obstáculos. Casi había conseguido llegar hasta él, pero de repente cruzó una calle, y un semáforo en rojo me hizo perder unos segundos.

—¡Rai! —grité, para que me esperara—. ¡¡RAI!!

El chico de la gorra y las gafas se dio media vuelta como si hubiera escuchado la voz de un fantasma. No detectó de dónde venía el grito, pero echó a correr por la calle como si le persiguiera el diablo. Era evidente que no quería que lo reconocieran. Y eso no casaba ni un poquito con la imagen del Rai que yo conocía, el extrovertido novio de mi amiga Gaia, que siempre tenía tiempo para pararse con cualquiera que le saludara por la calle y le pidiera un autógrafo.

En cuanto el semáforo se puso en verde, volví a correr. Lo seguí durante un par de manzanas, hasta que lo vi entrar en un edificio. Miró hacia atrás varias veces antes de cerrar la puerta y tuvo que verme corriendo, pero dudo mucho que me reconociera. Llegué justo cuando la puerta se cerraba, y conseguí colarme en el portal y gritar por el hueco de las escaleras:

—¡Rai, soy yo, Sofi! ¿Por qué te escondes?

La única respuesta que tuve fue el sonido de una puerta al cerrarse.

Y el tono de llamada de mi móvil, en cuya pantalla resplandecía el número de mi madre.

CAPÍTULO 12

Aunque se me da fatal socializar, fui poco a poco cogiéndole el punto al torbellino de emociones que era ahora nuestra vida. Cuando mis padres y los de Gaia conocieron mejor a Rai y sus amigos y vieron que eran buenos chicos, ampliaron un poco la libertad que nos daban para salir con ellos. Que los exámenes finales nos salieran a las dos mucho mejor que bien, a pesar de nuestra ajetreada vida social, también ayudó bastante, la verdad. Así que poco a poco fuimos conquistando terreno: primero nos dieron permiso para jugar una partida de *paintball* en un pueblo cercano, luego para hacer un *escape room* en la ciudad, después para ir a un concierto de una banda de amigos de Rai... Gaia y yo nunca habíamos imaginado que aquel catálogo de experiencias estaría algún día a nuestro alcance. Y, aun así, yo solo tenía un pensamiento en la cabeza. Un pensamiento con nombre de cantante famoso.

Rai Vila había vuelto a ignorarme, como siempre. Y, como siempre, no se separaba de mi Gaia, que cada día era más feliz a su lado y ahora llevaba la vida emocionante que siempre había deseado. Ahora, sin embargo, todo era diferente para mí. Porque ahí seguían sus misteriosos mensajes, la extraña persecución que habíamos protagonizado en la ciudad y la actitud distante y extraña que mostraba conmigo cuando pasábamos medio segundo a solas.

Por eso, la primera vez que Rai nos invitó a ir a su casa, le solté a Gaia la primera excusa que me vino a la cabeza.

—¿En serio no vas a venir?

Gaia era más de mensajes que de llamadas, pero, después de recibir el audio de WhatsApp con mis explicaciones de pacotilla, me llamó inmediatamente.

—Completamente en serio —respondí—. He tenido más vida social en las últimas semanas que en todo el instituto. Te he acompañado a casi todo lo que me has propuesto, pero ahora quiero centrarme un poco.

—¡Es la primera vez que nos invita a su casa! ¡Vamos!

—Pero es que ya me han dado un toque en el instituto. La tutora me ha avisado de que, si no lo bordo en selectividad, no conseguiré la media que necesito para entrar en Diseño. Estoy empezando a verle las orejas al lobo, y prefiero quedarme en casa.

—¡Pero si ya has bordado los finales! —se quejó—. A ti te pasa algo más y no me lo quieres contar —insistió. Durante el breve e incómodo silencio que siguió, Gaia llegó a sus propias conclusiones—: ¡Ya sé! Es Ciro, ¿verdad? Últimamente se os ve muy compenetrados…

Es verdad que Ciro y yo cada vez nos llevábamos mejor. Y esa era, seguramente, una de las razones por las que me sentía más cómoda con los planes en grupo que tenían que ver con Rai. Pero no era lo que Gaia se pensaba. De todas formas, resultaba mucho más cómodo darle la razón que confesarle que quien realmente me incomodaba era su novio.

—Pues sí, es por eso —mentí—. Va a haber muy poca gente, y me da palo pasar mucho tiempo a solas con él… Prefiero quedarme en casa, la verdad.

—¿Y si les decimos a Emi, Luis y Brais que se apunten también? —se le ocurrió de repente—. Así igual te agobia un poco menos estar con Ciro.

No se rinde nunca, pensé con un suspiro. *Aunque… quizá es justo la oportunidad que necesito para hablar con Rai y descubrir qué diablos está pasando.*

—Vale —concedí al final—. Me has convencido.

—¡Genial! —gritó Gaia, triunfal, al otro lado del teléfono—. Ya verás cómo esta tarde se te aclaran muchas cosas… —añadió, con una risita traviesa.

Eso espero, me dije cuando colgué el teléfono y los nervios me atenazaron el estómago.

* * *

—Es aquí —le dije a Gaia.

Estábamos delante del edificio al que había perseguido a Rai el día de la farmacia.

—Pero nos ha dicho que era el número 30, y este es el 28… —respondió Gaia, extrañada—. ¿Cómo sabes que este es el portal? Ni que hubieras estado antes…

Yo me puse roja como el vestido minifaldero que Gaia se había puesto para la fiesta.

—No, es que… Es que Ciro me ha mandado antes la ubicación, y el GPS dice que este es el edificio. Igual tiene dos entradas… —aventuré.

—Ah, así que has estado hablando con Ciro antes de venir, ¿eh? —Bien, había conseguido desviar la atención de Gaia—. Me parece guay. Pero, oye, también haz caso a Emi, Luis y Brais, que han venido para que no estés sola si la cosa no prospera…

Emi, Luis y Brais no necesitaban que nadie les hiciera caso, porque ya se lo estaban pasando en grande en la piscina. La casa de Rai era increíble: efectivamente, tenía entrada por los dos portales, porque habían unido dos pisos de la azotea tirando el tabique que los separaba. Tenía una terraza enorme y la piscina estaba rodeada por una pequeña estructura de cristal que en invierno se cerraba para poder seguir disfrutando del agua. Todos los muebles eran de diseño, había plantas por todas partes y el ambiente era superacogedor.

—Guau, parece que la hubieras decorado tú, Sofi. Ven, ¡vamos a ver las habitaciones! —me dijo Gaia, tirando de mí por el pasillo.

—¿Tú no sabes eso de que la curiosidad mató al gato?

Una mano agarró a Gaia del vestido para que se diera la vuelta.

Rai recibió a Gaia con un beso en los labios y a mí con una sonrisa tensa. Era evidente que no le hacía mucha gracia que fisgoneáramos por la casa. O, más bien, que yo fisgoneara por la casa…

—Vale, pero luego nos haces un *house tour* —le pidió Gaia, melosa.

—Luego —dijo él, mirándome de reojo—. Cuando estemos solos —añadió en un susurro—. Ahora, vamos a la terraza. ¡La barbacoa ya casi está lista!

Ciro estaba fuera, vigilando las hamburguesas. Él sí sonrió de oreja a oreja al verme en la casa. Gaia me guiñó un ojo y me dio un empujoncito hacia la terraza. Luego, ignorándome por completo, Rai levantó a Gaia en volandas y salió corriendo con ella hacia la piscina.

Indirecta captada.

Pasé el resto de la tarde con Ciro, Emi, Luis y Brais, bañándome y haciendo pequeñas pausas para comer lo que iba saliendo de la parrilla, pero sin perder de vista a Rai y Gaia, que parecían dos lapas. ¡No se separaban nunca! Cuando Ciro nos tentó con una bandeja de alitas de pollo recién sacadas de la parrilla, Rai le dijo disimuladamente algo al oído y los dos se perdieron dentro de la casa entre risitas, lejos de miradas ajenas.

Poco después, su ausencia se hizo evidente, y todos los comentarios de la tarde empezaron a girar en torno a ellos.

—El piso es grande, pero el *house tour* no da para tanto —comentó Emi, pícara.

—Yo creo que están haciendo un *room tour* —dijo Ciro, sonriendo de medio lado.

Luis y Brais rompieron a reír a carcajada limpia.

Yo, sin embargo, noté un vacío en el estómago y tuve que sentarme en una de las tumbonas que había junto a la piscina.

—Sofi, ¿te encuentras bien? —me preguntó él.

—Sí, tranquilo, solo estoy un poco mareada...

—A ver si te ha dado un poco de insolación —aventuró, tocándome la frente—. O igual te ha sentado mal algo de lo que he cocinado —añadió, preocupado.

—I-igual es eso —respondí, pálida—. De hecho, creo que necesito ir al baño.

—¿Quieres que te acompañe? —se ofreció.

—N-no —balbuceé—. Creo que puedo llegar yo, si me dices dónde está.

—Es por ahí —me señaló. No parecía muy convencido de dejarme sola, pero no insistió más.

Seguí el camino que Ciro me había indicado y llegué a un baño enorme y extrañísimo. Para empezar, la puerta daba a unas escaleras que bajaban a una sala rodeada de columnas y con el techo abovedado. En el centro había una bañera muy grande y bastante profunda, como una piscina en miniatura, a la que también se bajaba por unas escaleras. El baño estaba iluminado por unos pequeños tragaluces en el techo, creando un ambiente sombrío pero acogedor. El inodoro, el lavabo, el espejo, los toalleros, estaban camuflados en pequeños huecos entre las columnas. No sé por qué, decidí bajar los escalones y meterme en el agua, que estaba caliente y burbujeaba. Guau. Un *jacuzzi*. Cerré los ojos, apoyé la cabeza en el borde de aquella enorme bañera y me puse a pensar.

¿Qué me pasaba? ¿Me había puesto celosa que Rai y Gaia estuvieran tonteando? ¿Por qué sentía la necesidad de hablar con él a solas? Al fin y al cabo, solo me había escrito un mensaje inofensivo. Seguramente lo estaba sacando todo de quicio, pero… ¿y el día del concierto? ¿Y el día en que lo había perseguido por la ciudad? Nada de todo aquello tenía sentido…

Y darle vueltas a la cabeza no me estaba ayudando con el mareo, precisamente.

—¿So… Sofi? —me preguntó una voz sorprendida desde la puerta.

Yo me incorporé, esperando encontrarme con Ciro…

… pero me encontré con la mirada preocupada de Rai.

Parecía que, después de todo, sí íbamos a poder hablar a solas.

—Hola —respondí, cortadísima—. Perdona, todo esto tiene una explicación, te lo prometo. No quería ponerme a cotillear por la casa, pero…

—Pero es que los *jacuzzis* tienen un no sé qué especial, ¿no? Cof, cof. —Otra vez aquella tos. Sin embargo, se recompuso y siguió hablando—: No te preocupes, a mí me pasa lo mismo. Cada vez que entro en este baño, no puedo evitar la tentación de meterme dentro. Cof. Me siento un poco como un emperador romano.

Yo no pude evitar reprimir una risita.

—¡Claro! Sabía que este tipo de decoración me sonaba de algo… —apunté, mirando a mi alrededor—. ¡Este baño está decorado como si fuera una terma romana!

—Seguro que sacas sobresaliente en Historia —rio él, fingiendo impresionarse con mis conocimientos.

—¿A ti te gusta la Historia? —Me acordé de la sala de conciertos decorada como un *ryokan*—. ¿O este gusto por las decoraciones exóticas es algo que has aprendido en tus viajes por el mundo? —le piqué—. ¿En las muchas veces que has estado en Italia?

Rai se sentó en el borde del *jacuzzi*. Me contó que le apasionaba la Historia, y que una de las cosas que más disfrutaba durante las giras era perderse por las calles de ciudades de otros países, visitar sus monumentos y descubrir sus orígenes. Pero que lo que más disfrutaba de todo era caminar tranquilamente sin que nadie le reconociera. Ser anónimo otra vez. Un turista más, y no una persona pública con miles de ojos pendientes de todo cuanto hacía.

Estaba tan absorta en la conversación que había olvidado por qué llevaba toda la tarde queriendo hablar con él a solas, pero aquel comentario me lo recordó. Me preparaba para resolver de una vez por todas los temas que me preocupaban cuando, de repente, escuchamos un ruido en el pasillo.

—¿Rai? —preguntó la voz de Gaia—. ¿Dónde te has metido?

Rai se quedó pálido como un fantasma. Vi cómo se agarraba al borde de la bañera como si estuviera a punto de desmayarse y cerraba los ojos.

—¿Te pasa algo, Rai, estás bien?

—N-no… Cof, cof… Es solo que… Tengo la tensión baja, y cuando hace calor a veces me mareo —se excusó—. Será mejor que vaya a comer algo… Cof, cof… Además, Gaia me está esperando…

Se levantó del borde de la bañera, se tambaleó hasta la puerta y salió sin despedirse, dejándome sola y más confusa incluso que cuando había entrado.

CAPÍTULO 13

La sensación de mareo me acompañó durante el resto de la tarde. Se hizo más agobiante cuando salí del baño y vi que Rai y Gaia volvían a estar juntos y se habían reunido con los demás. Intenté buscar la mirada de Rai, pero él parecía decidido a ignorarme.

¿Qué estaba ocurriendo?

Me pasé la noche en blanco, analizando cada segundo de nuestra conversación como si fuera una película. ¿Había dicho algo que le había sentado mal? ¿Se estaba riendo de mí? ¿Pretendía volverme loca?

Y, lo que más me preocupaba: ¿acaso sentía algo por Rai?

El Rai que me ignoraba y hacía como si no existiera cuando Gaia estaba delante me daba mal rollo. Pero el otro… Por el otro no sabía lo que sentía. En total, no debíamos de haber hablado a solas más de media hora en total, y ni siquiera sobre temas demasiado profundos. Y aun así había algo, una especie de fuerza que no conseguía comprender, que me atraía hacia él como si fuera un imán.

No.

Rai estaba con Gaia.

Y ya está.

Como no era capaz de dormir, decidí hacer algo productivo. El libro que tenía que leer para Lengua estaba en la mochila que me había llevado a la barbacoa (básicamente porque perder toda la tarde de estudio me hacía sentir culpable, no porque pretendiera leerlo de verdad). Sin salir de las sábanas, estiré el brazo, alcancé el tirante y arrastré la mochila por el suelo hasta el borde de la cama. La cremallera estaba abierta, así que por el camino fue cayendo un reguero de objetos: un estuche, mi neceser de maquillaje, la parte de arriba del bikini de repuesto, una chancla, un papel doblado…

¿Un papel doblado?

Aquello no era mío.

Bajé de la cama, me senté en el suelo y recogí el trozo de papel. La hoja estaba llena de pentagramas, parecía arrancada de un cuaderno de partituras.

No tenía ni idea de cómo había llegado hasta allí, pero supuse que alguno de los chicos de la banda la había guardado por error en mi mochila. Aparte de las notas básicas, yo no sabía mucho de música, pero en la parte inferior de la hoja, bajo los pentagramas llenos de puntitos blancos y negros, había una dirección a un sitio web. Entré en internet con el navegador de mi móvil e introduje la dirección.

El *link* llevaba a una plataforma de vídeo, pero para entrar había que introducir una contraseña. Estaba a punto de salir de la página cuando, de repente, vi que en una esquina del papel estaba escrita una palabra conocida.

«Ryokan».

Tragué saliva y escribí aquellas seis letras. En la pantalla de mi móvil se desplegó un vídeo en el que Rai miraba fijamente a la pantalla…

… y comenzaba a cantar una canción dedicada a mí.

* * *

Salí del instituto tan rápido que, de haberme visto, el profesor de Educación Física me habría puesto un sobresaliente.

—¡Sofi! ¡Oye, Sofi! —escuché la voz de Gaia a lo lejos.

Llevaba todo el día evitándola. Estaba segura de que no tenía la más mínima sospecha de lo que Rai había hecho. Y tampoco quería que la tuviera.

Me sentía fatal, porque lo primero que habría hecho una buena amiga habría sido contárselo. «Gaia, tu novio siente algo por mí». Sabía que de primeras no me creería, porque demostraba justo lo contrario cuando estaba conmigo, pero es que…

Rai me había escrito una canción.

Y, entonces, ¿por qué no se lo decía a Gaia?

Primero porque, en el fondo, seguía pensando que Rai se estaba riendo de mí. Que aquello era una especie de broma pesada y que, si la seguía, la única que saldría perjudicada sería yo. Seguro que Rai encontraba la manera de darle la vuelta a todo, de convencer a Gaia de que solo había sido una broma pesada, y yo quedaría como la paranoica celosa que se había colgado del novio de su mejor amiga.

Y luego estaba Gaia. Estaba tan radiante, tan ilusionada, tan… feliz.

No podía hacerle eso.

Aunque, bueno, habían pasado ya varios días y tampoco es que se hubiera dado cuenta. Gaia estaba tan ocupada con los planes constantes a los que la invitaba Rai que prácticamente se había olvidado por completo de mí. Al menos eso me quitaba algo de presión. Lo mejor que podía hacer era dejarlo pasar, hacer como si nunca hubiera hablado con Rai, como si nunca hubiera visto la nota, hacer como si el vídeo no tuviera ya más de cien reproducciones, y todas fueran mías. La cifra me daba un poco de vergüenza y, a la vez, me tranquilizaba: cada vez entraba en el enlace, las visualizaciones solo crecían en un número, así que Rai no había entrado para comprobar que yo lo hubiera visto.

Estaba en la cama, a punto de pulsar el botón para reproducirlo por vez ciento uno, cuando me llegó un mensaje de Gaia.

«¡Qué rápido te has ido hoy! ¡Ni me has esperado!».

Llevaba todo el día en tensión, y el mensaje de Gaia fue la gota que colmó el vaso.

«Llevo varios días volviendo a casa sin ti —contesté, porque era verdad—. No sé dónde está el problema ahora».

«¿Estás enfadada?».

«Un poco», contesté. Lo que no dije es que no estaba enfadada con ella. Estaba enfadada con la situación. Conmigo misma. Con Rai.

«Si ya te noté yo rara ayer —dijo—. ¿Es porque paso demasiado tiempo con Rai? ¿Sientes que ya no te hago tanto caso como antes?».

Yo no respondí. No sabía qué decirle.

«¿Y si hacemos algo juntas, tú y yo solas?».

«Hoy no puedo quedar. Ya me liaste para lo de la fiesta de Rai. Tengo que estudiar».

«¿Y mañana? ¿O pasado? ¿Un cine? ¿O pizza y Netflix en mi casa?».

«Lo hablamos, ¿vale?».

Cerré el chat y dejé de contestar a Gaia.

Necesitaba estar sola y pensar. Necesitaba volver a escuchar la canción de Rai.

Una simple casualidad, se llamaba.

Siento una conexión especial, no sé si tú sientes lo mismo... Eres la casualidad más bonita que he tenido en mucho tiempo... Perdona mi doble cara, pero no sé cómo estar a la altura... Espero que algún día seas capaz de entenderlo.

La canción estaba plagada de mensajes que demostraban que no estaba loca, que no me había inventado nada de lo que sentía cuando estaba con él. La realidad, sin embargo, parecía decir justo lo contrario.

No sabía qué pensar.

Y tampoco podía pensar en nada que no fuera aquello.

No podía estudiar.

Pero, sobre todo, no podía permitir que todo aquello arruinara mi relación con mi mejor amiga.

CAPÍTULO 14

Era sábado y, aunque los libros y apuntes se acumulaban en una amenazadora montaña sobre mi escritorio, yo me sentía como una pantera enjaulada dentro de mi habitación.

Necesitaba salir, pero no quería llamar a Gaia. Porque llamar a Gaia significaba que tenía que hablar con ella, hacer algo. Y no sabía qué hacer. Por un lado, ignorar lo de la canción me parecía una traición hacia ella y no me permitía estar tranquila. En cambio, contárselo era arriesgarme a quedar en ridículo.

Mientras decidía qué hacer, evitarla era lo más fácil.

O, más bien, lo más cobarde.

Entre el agobio acumulado y aquellos pensamientos que no conseguía acallar, estaba cada vez más inquieta, así que decidí salir a correr un rato.

Correr siempre me ayudaba a deshacerme de la tensión y a pensar mejor.

Me puse unas mallas y una camiseta de tirantes y puse a cargar el móvil. Preparé la lista de reproducción y dudé un momento si incluir la canción de Rai. Normalmente, su música me llenaba de vitalidad y energía, pero la canción que me había dedicado era la culpable de lo nerviosa que estaba, así que decidí dejarla fuera. Aunque, si lo que quería era pensar con claridad, quizá fuera mejor salir a correr sin música, dejar fluir mis pensamientos y…

Mis pensamientos se congelaron cuando, al abrir la puerta de la calle, me encontré con las dos personas que menos necesitaba ver en aquel momento.

Gaia y Rai.

Juntos.

—Vaya, qué coordinación —dijo Gaia, con una risita nerviosa.

Mi mejor amiga se retorcía las manos sin parar, no dejaba de morderse el labio inferior y de vez en cuando se toqueteaba un mechón de pelo. Para mí, que la conocía de toda la vida, era evidente que le pasaba algo.

Rai, sin embargo, estaba la mar de tranquilo. Una de sus manos rodeaba la cintura de Gaia y tenía los ojos clavados en su melena rubia. Ni siquiera me miró cuando cerré la puerta y salí a la calle.

Yo tragué saliva y tartamudeé lo primero que se me ocurrió.

—Ho-hola. Esto… ¿Habíamos quedado?

Sabía perfectamente que no (Gaia y yo llevábamos tres días prácticamente sin hablar, ni en persona ni por el móvil), pero no sabía qué otra cosa decir.

—No, pero veníamos a ver si te apetecía unirte a nosotros. —Gaia señaló el coche aparcado frente a mi puerta. Dentro estaban Ciro y su hermana Duna, la bajista del grupo—. Vamos a ir a un concierto de Lava Red, y tenemos un hueco en el coche, y he pensado que igual te apetecía…

—Pues…, es que mira qué pintas llevo —me disculpé, señalándome la camiseta y las mallas—. Iba a correr un rato para despejarme y luego seguir estudiando.

—Vaya planazo… —murmuró Rai. Luego, me miró con una ceja enarcada—. ¿Seguro que no prefieres venir con nosotros?

Yo me quedé mirándolo con la boca abierta. Sentí que se me paraba el corazón, pero esta vez no era culpa de la atracción, sino de la rabia. Aquella faceta, la que Rai me mostraba cuando había más gente delante, no me gustaba nada. ¿Cómo tenía la cara dura de plantarse en mi puerta como si nada, agarrado a mi mejor amiga como una lapa, después de haberme compuesto una canción secreta apenas una semana antes?

Ya había cogido aire para contestarle cuando, de repente, vi la cara de expectación de Gaia. Ella no tenía la culpa de que su novio fuera un capullo integral. No se merecía que la dejara en ridículo allí, en medio de la calle, delante de sus amigos, y hacérselo pasar mal.

En ese momento decidí que le contaría a Gaia lo de la canción, pero en un lugar más íntimo.

Y también que el idiota de Rai no volvería a reírse de mí en mi cara. ¿Quería jugar a dos bandas? ¡Pues iba a probar un poco de su propia medicina!

—El grupo ese…, Lava Red, ¿está bien? —le pregunté, obligándole a mirarme a la cara.

A Gaia se le iluminaron esos preciosos ojos marrones.

Y Rai pareció sorprendido de que me dirigiera tan directamente a él.

—Sí, molan. —me dijo, a la defensiva—. Dieron un concierto hace diez días para presentar su *mixtape*… fuera de la ciudad. La sala estaba justo al lado de… una escuela de canto donde suelo ir a hacer ejercicios vocales… Me gustaron bastante, la verdad.

—¿Una escuela? —preguntó Gaia, risueña—. Así que ahí es donde te metes, ¿eh? ¿Cómo se llama? Podríamos ir juntos, y así me enseñas…

—Eh… Sí, claro. Se llama Cantos… o Voces… Ahora no me acuerdo, pero luego lo busco —respondió. Parecía deseoso de cambiar de tema, así que volvió a mirarme—: Yo creo que te pueden molar.

Intenté disimular mi enfado. Que estuviera jugando conmigo me molestaba, pero que estuviera jugando con Gaia…

—Esperadme un momento —dije—. Me preparo y bajo.

Gaia dio un saltito de alegría y me abrazó.

—Ay, qué guay, Sofi… —me dijo al oído—. Pensaba que estabas cabreada conmigo, pero solo estás agobiada con los exámenes. Me tenías preocupada.

Me di media vuelta sin decir nada y volví a entrar en casa. Me quité la ropa de deporte y me puse lo primero que pillé: una sudadera ancha, unos *shorts* vaqueros y unas botas altas. Me vestí con furia para liberar la mayor cantidad de rabia posible y que Gaia no se diera cuenta de lo enfadada que estaba cuando volviera con ellos.

Estúpido, estúpido, estúpido.

—Dieron un concierto hace diez días para presentar su *mixtape*... —repetí, imitando a Rai con retintín mientras tiraba para ajustarme la caña de las botas—. Una escuela de canto donde suelo ir a hacer ejercicios vocales...

Un momento.

¿Cuánto tiempo hacía que había acompañado a mi madre a la ciudad?

La pregunta me golpeó como si me hubieran dado un puñetazo. Corrí rápidamente hacia mi mochila, lo saqué todo y palpé el interior en busca del tique del libro que tenía que leer para Lengua. El libro que había ido a comprar con mi madre a la ciudad, hacía justo...

—Diez días... —murmuré, mirando la fecha que estaba escrita en el tique.

Diez días antes, Rai no había estado fuera de la ciudad viendo un concierto de Lava Red. Había estado huyendo de mí a plena luz del día, camuflado con una gorra y unas gafas de sol.

El descubrimiento hizo que me sintiera un poco menos loca. Esta vez le había pillado de lleno. Aquel chico no era quien decía ser: ocultaba algo.

Y no solo me lo ocultaba a mí, sino también a Gaia y a sus amigos.

Estaba aún más confusa que antes. Pero ahora, por lo menos, tenía una certeza.

Y no iba a parar hasta descubrir su secreto.

CAPÍTULO 15

Al principio me pareció una idea buenísima, pero me arrepentí nada más ponerme manos a la obra. Porque, sí, estaba vigilando la casa de Rai, como los policías de las películas, pero con mucho menos estilo. En vez de estar en el interior de un coche con los cristales tintados de negro, estaba detrás de los arbustos del parque. Y, en vez de parecer superinteresante y misteriosa, me sentía ridícula.

¿Qué hacía allí?

Buena pregunta.

Lo había decidido la noche anterior, mientras me ganaba el Oscar a la mejor actriz de reparto por *Fingiendo que todo es normal.* Después del concierto fuimos a jugar al billar a un bar que conocían los chicos. Y, luego, a cenar a un famosísimo restaurante italiano en el que nunca había sitio porque era el local de moda en la ciudad. Pero, si te llamas

Rai Vila y, además de un mentiroso patológico, eres el cantante del momento, se te abren muchas puertas. Disimulé lo mejor que pude la rabia que sentía hacia él y estuve simpatiquísima, mucho más habladora que de costumbre, haciendo chistes y bromas constantemente.

Vi mi oportunidad cuando Ciro se retiraba a un rincón para descansar un rato y dejar paso a otros jugadores. Aquel era un buen momento para intentar sacarle algo de información.

Sabía que no estaba bien, pero era la única manera que se me ocurría de empezar mi investigación sin levantar sospechas.

—Me lo estoy pasando genial —dije en un momento dado de la noche—. ¡No sabía que Gaia fuera tan buena jugando al billar! ¡Con lo mal que se le dan los bolos…!

—¡Ya te digo! —rio él—. Y no será porque no hemos practicado veces, ¿eh?

Yo le devolví la sonrisa.

—Podríamos volver a repetir mañana… —sugerí.

—Pero ¿tú no estabas agobiadísima con los exámenes? —me preguntó, extrañado.

—Sí, aunque de vez en cuando hay que respirar. A veces me empeño en seguir encerrada, pero estoy tan cansada que no me cunde nada, y al final es peor: ni consigo avanzar, que es lo que necesito, ni descanso, que es lo que me pide el cuerpo.

—¿Y lo que te pide el cuerpo mañana es… billar?

—Sí. Podríamos volver a quedar los cinco mañana. Tu hermana también, es muy simpática —recalqué.

—Sí, Dunita es muy maja —dijo él, mirándola charlar animadamente con Gaia. Se le notaba decepcionado, pero lo disimulaba muy bien—. Pues creo que no va a poder ser, porque Rai tiene ensayo mañana. En eso os parecéis mucho, ¿sabes?

Yo me puse tensa. No me esperaba aquel comentario.

—¿Quiénes? ¿Rai y yo?

—Sí. Sois igual de cabezotas y machacones. Tú con los estudios, y él con los ensayos. Son sagrados. Lleva un mes preparándose para la gira mundial, y no se salta ni uno de los que tiene programados. ¡Y eso que la escuela esa está fuera de la ciudad! Dice que la profesora es buenísima, y que sin ella no mejoraría tanto. Pues más le vale, porque cada vez que se va tarda todo el día en ir y volver con el coche.

—¿Y vosotros no le acompañáis? —le pregunté, extrañada.

—No, no, qué va… En los ensayos vocales siempre prefiere estar solo —respondió Ciro, encogiéndose de hombros—. Es muy maniático con eso.

Me quedé un momento pensando en toda la información que Ciro acababa de darme. Y entonces se me encendió la bombilla.

La escuela de canto.

«Cantos… o Voces… Ahora no me acuerdo», había dicho Rai.

En cuanto llegué a casa aquel día, lo primero que hice fue buscar en internet todas las escuelas de canto que hubiera en las afueras de la ciudad. En la ciudad había varias, pero en los alrededores, la verdad, no había demasiadas. Busqué durante horas y horas, tratando de localizar la que Rai había mencionado y…

Nada.

No existía.

Ni Cantos. Ni Voces. Ni nada que se pareciera.

Me dejé caer sobre el respaldo de la silla, agotada. ¿A dónde iba? ¿O a lo mejor no iba a ninguna parte? Quizá, cada vez que decía que iba a ensayar a esa escuela, solo era una excusa. Quizá solo se quedaba en casa. Al menos, era allí donde yo lo había visto el día de la persecución absurda desde la librería.

No era una pista demasiado genial, pero sí la única que tenía.

Por eso me había plantado allí, frente a la puerta de su edificio, para ver si entraba o salía. Pero llevaba más de dos horas esperando, y no había ocurrido nada. Empezaba a impacientarme y, sobre todo, a sentirme ridícula y absurda.

Me dio por pensar que tal vez le hubiera dicho a Ciro que tenía ensayo como excusa para no quedar con él y poder estar a solas con Gaia.

Como si mi mejor amiga me hubiera leído el pensamiento, mi móvil sonó en ese preciso momento.

—Hola, guapa, ¿cómo estás?

—Bien, ¿y tú? —me apresuré a preguntar—. ¿Tienes planes con Rai?

—¿Con Rai? Qué va... —me dijo—. Hoy tiene ensayo fuera de la ciudad,

—Ah —respondí yo, intentando ocultar la emoción en la voz.

Tenía la intuición de que no me equivocaba. Rai nos había mentido a todos y se había quedado en casa.

—Y por eso te llamo, para proponerte un plan que te va a encantar —me dijo—. ¿Te apetece venir a casa para que repasemos juntas?

—Pues es que... Es que he acompañado a mi madre a hacer unos recados a la ciudad y voy a tardar un rato todavía. Pero, si me esperas, en un par de horas estoy en tu casa.

—¡Vale! —dijo ella, contenta, y colgó el teléfono.

Una hora más. Ese era el límite que me daba para seguir con aquel estúpido jueguecito de espías. Si Rai no salía, volvería a casa con Gaia y se lo contaría todo, aunque eso significara hacerle daño.

Se lo debía.

Me había dado una hora de límite, y habían pasado cincuenta y nueve minutos. Tenía el culo dolorido y las piernas entumecidas después de tres horas sentada en la misma (e incómoda) postura. Estaba a punto de levantarme cuando la puerta del edificio que llevaba toda la tarde vigilando se abrió...

... y por ella asomó un chico con gorra y gafas de sol.

Era él.

El chico miró en todas direcciones, como si quisiera asegurarse de que nadie le reconocía. Tras mirar alternativamente a derecha e izquierda un par de veces, suspiró con alivio y echó a andar.

No sabía que, desde el otro lado de la calle, la cámara de mi móvil estaba recogiendo las pruebas necesarias para demostrarle a mi mejor amiga que su fantástico novio, además del cantante del momento, era un mentiroso.

CAPÍTULO 16

Aún con las manos temblando por los nervios, volví a repasar lo que había grabado en vídeo y fui a la parada del autobús que me llevaría a casa de Gaia.

El viaje de vuelta al pueblo fue el más largo de mi vida. Una verdadera montaña rusa, aunque el trayecto fuera igual de llano y aburrido que siempre. Los vaivenes los tenía yo por dentro. ¿Cómo se tomaría Gaia lo que estaba a punto de contarle? Intenté ponerme en su lugar y pensar en cómo reaccionaría yo si fuera ella la que viniera a decirme que mi novio me estaba mintiendo. Y que lo había descubierto después de espiar durante horas la entrada de su casa. Y que espiaba la entrada de su casa porque mi novio le había dedicado una canción demasiado personal, que había colgado en un canal privado al que solo ella podía acceder.

Uf.

Comprobar que mis sospechas respecto a Rai eran ciertas me había envalentonado mucho, pero sabía que lo que estaba a punto de decirle a Gaia iba a romperle el corazón. Y lo último que quería era hacer daño a mi mejor amiga.

Así que me entró miedo y me eché atrás.

Me dije a mí misma que tenía que planear bien cómo decírselo para que la noticia fuera lo menos dolorosa posible. Después, le mandé un mensaje a ella explicándole que mi madre y yo nos habíamos liado con los recados, que al final no iba a poder ir a estudiar a su casa.

Gaia no me contestó. Pensé que estaría liada, o con Rai, y que no se habría molestado. Confié en tener un poco más de tiempo para pensarlo.

Me pasé la noche entera dándole vueltas al asunto, analizando todos los comportamientos de Rai que a mí me parecían sospechosos, intentando encontrar una explicación, un motivo por el que pudiera estar mintiendo y mostrando dos caras tan completamente distintas.

Pero no encontraba ninguno.

No tenía más remedio que contarle a Gaia lo que había averiguado, presentarle los hechos y esperar que la verdad hablara por sí sola. Esperar, sobre todo, que ella lo encajara bien.

Al día siguiente era lunes, pero ya no había clase. Teníamos unos cuantos días libres para dar los últimos repasos y preparar los exámenes en casa. Cuando terminé de desayunar y vi en WhatsApp que Gaia estaba despierta (ya se había conectado un par de veces) le escribí un mensaje:

«¡Buenos días! ¿Te apetece que hagamos hoy la sesión de estudio? Podemos aprovechar desde temprano y luego, si vamos bien, hacer algo juntas por la tarde».

Lo leyó al momento, pero no me respondió. Quise pensar que igual estaba ocupada. Pero, después de entrar compulsivamente en WhatsApp durante una hora y media y ver que no me había respondido, la impaciencia pudo conmigo y decidí llamarla.

Dejó pasar un tono, dos, tres, cuatro y, justo cuando yo iba a colgar, ella descolgó el teléfono.

—¿Sí?

—¡Hola! —grité con demasiado entusiasmo. Estaba muy nerviosa, pero tenía que calmarme o todo se iría al traste antes de empezar—. Nada, que te he mandado un mensaje antes y, como me has dejado en visto, he pensado que igual estabas liada.

—Pues sí, estoy liada —contestó, seca—. ¿Qué quieres?

¿Seguía enfadada por el plantón del día anterior o…? De repente tuve miedo de que fuera otra cosa. Que Rai me hubiera visto delante de su casa y se lo hubiera contado o… Yo qué sé.

Respiré hondo antes de contestar y dije:

—Bueno, si ahora estás liada podemos quedar esta noche, después de estudiar. ¿Te apetece? Nos despejamos un rato, hablamos…

Gaia se quedó un momento en silencio. Seguramente se preguntaba a qué venía ahora tanta prisa cuando ella llevaba varios días intentando verme mientras yo le daba largas. Esperaba que no tuviera un día rencoroso y decidiera pasar de mí, porque no me aguantaba más. Tenía que contarle lo de Rai.

—Bueno, vale —dijo al final—. Podemos llamar a Emi, Luis y Brais e ir al cine, o…

—No, no —la interrumpí, impaciente—. Solo tú y yo.

—¿Pasa algo, Sofi?

—¿Algo? No, qué va. Es solo que hace mucho que no pasamos tiempo solas…

—Bueno, pues nos vemos a las ocho y media, que a esa hora ya tengo el cerebro frito de estudiar, ¿te parece?

Miré el reloj y conté las horas que faltaban.

—Vale —respondí con un suspiro, y colgué.

En el fondo de mi mente palpitaba con fuerza un miedo. El miedo a que aquellas fueran las últimas horas en las que Gaia y yo éramos amigas.

* * *

Gaia y yo nunca nos habíamos sentido incómodas la una con la otra. O, más bien, nunca nos habíamos sentido incómodas hasta que Rai apareció en nuestras vidas. Pero, cuando salió de su casa aquel lunes y me encontró esperándola fuera, supe que las dos sentíamos la misma sensación de extrañeza. Era como si, en el transcurso de aquellas pocas semanas, algo se hubiera roto entre nosotras.

Ella pensaba que era porque le dedicaba demasiadas atenciones a su novio.

Pero yo sabía que todo lo que yo me había guardado durante los últimos días tenía mucha más culpa de lo que nos estaba pasando.

Nos dimos dos besos y nos quedamos calladas, mirándonos, sin saber qué decir o qué hacer a continuación.

—Me alegro de que hayas venido —dije al fin, tratando de romper el hielo.

—¿Pensabas que iba a darte plantón?

—Habría sido lo lógico, después de todas las veces que yo te he dejado tirada últimamente…

Gaia se quedó callada y me miró con sus enormes ojos marrones como si estuviera intentando entrar en mi mente.

—Ya, bueno… Yo no quería sacar el tema por si eran paranoias mías, pero… Tengo la sensación de que, desde que estoy con Rai, algo ha cambiado entre nosotras. De verdad que he intentado no darte de lado e incluirte en casi todos los planes que hacemos juntos, aunque a veces me apetece estar a solas con él. Y siento que eso te molesta, pero yo ya no sé cómo hacerlo, porque Rai es muy importante para mí, pero tú eres mi mejor amiga, la persona que mejor me conoce y no quiero tener que renunciar a ninguno de los dos, y no sé cómo hacerlo…

—Gaia, Gaia… Tranquila —le dije, al ver que empezaba a embalarse. Tenía los ojos húmedos—. Ya lo sé, y llevas razón: estoy rara, pero no es por nada que tú hayas hecho. Es por otra cosa.

—¿Por qué? —me preguntó, confusa, frotándose los ojos para evitar echarse a llorar.

—Es por Rai.

Los ojos marrones de Gaia perdieron su brillo y me miraron con intensidad.

—Pero… te lo pregunté al principio de empezar con él y me dijiste que no —murmuró, sorprendida—. Sofi, ¿todo esto es porque te gusta Rai?

Yo tragué saliva. Ojalá fuera tan fácil de explicar.

—No, Gaia, no me gusta Rai… O sea, sí que me gusta. A ver, es que todo esto es muy raro, no sé por dónde empezar a explicártelo —dije atropelladamente—. Entre nosotros han pasado cosas, cosas que no sé cómo explicar, porque conmigo se comporta de una manera diferente a como es cuando está con el resto del mundo. Pero no es solo eso, es que te está mintiendo, Gaia. Rai no es quien dice ser, y tengo pruebas…

—Estás de broma, ¿verdad? —me preguntó ella, con una risa nerviosa.

Yo negué con la cabeza. Saqué el móvil para enseñarle el vídeo que había grabado frente a su casa, pero Gaia me apartó la mano de un empujón, furiosa.

—¡No me lo puedo creer! ¡Te lo pregunté, Sofi! ¡Te lo pregunté al principio del todo, cuando solo nos habíamos dado un par de besos!

¡Y me dijiste que a ti Rai no te gustaba de esa manera! —empezó a gritar, hecha una furia—. No me puedo creer que me vengas ahora con esto, cuando ya no puedo dar marcha atrás a lo que siento por él.

—Gaia, te juro que no es eso. Rai nos está mintiendo a las dos. Te lo puedo demostrar, te lo juro. Tú tienes una relación con él, y creo que necesitabas saberlo…

—Guau, no me esperaba esto de ti. Nunca pensé que nuestra amistad fuera a terminar por un chico. Tenías que habérmelo dicho antes, y no habría dejado que la cosa fuera a más. Pero ya estoy con él, Sofi, y estoy muy enamorada. Vas a tener que tragarte tus celos y tu envidia y dejarnos en paz…

—¡Gaia, mira esto, por favor! ¡Es la prueba de que lo que te digo es verdad! —le dije, comenzando a reproducir el vídeo de la canción en el móvil.

Pero Gaia ya se había dado la vuelta y estaba volviendo a entrar en su casa.

No quería escucharme.

—Si piensas que vas a conseguir que rompa con Rai con tus mentiras, vete olvidando… Qué pena —dijo antes de cerrarme de un portazo en las narices.

Yo no quería aquello. Lo había hecho todo mal. No quería que Gaia pensara que estaba intentando romper su relación con Rai.

Yo solo quería advertir a mi amiga.

Solo eso.

¿Verdad?

CAPÍTULO 17

La discusión con Gaia me dejó rota. Rota y anulada. Tenía por delante una semana libre para centrarme y dar un último repaso en profundidad a todas las asignaturas de selectividad, y era incapaz de pensar en otra cosa que no fuera mi discusión con ella.

Estar enfadada con ella me estaba destruyendo. Si hubiéramos tenido clase habría sido más fácil coincidir con ella, forzar la situación para hablar. Pero, tal y como nos habíamos despedido, no conseguía reunir el valor para plantarme en su casa. No estaba preparada para soportar que no me abriera la puerta, que era lo más probable que ocurriera. Gaia me estaba dejando muy claro que no quería saber nada de mí. Y eso que lo había intentado todo para hacer las paces: le había mandado el vídeo de Rai saliendo de su casa cuando se suponía que estaba ensayando fuera de la ciudad, el enlace a la canción y la contraseña para entrar a verlo, pero… Nada. Gaia me había bloqueado, y no recibía ninguno de mis mensajes.

Estaba tan desesperada que hasta había intentado contactar con ella a través de Emi, Luis y Brais, pero ellos no quisieron meterse. No se pusieron de mi parte ni de la de Gaia: simplemente, se mantuvieron al margen y esperaron a que nosotras mismas solucionáramos las cosas. No era la primera vez que Gaia y yo discutíamos, pero sin duda esta había sido la más violenta. Y yo sentía que, si no hacía algo, el problema no tendría solución.

Los días se me hacían eternos. No quería preocupar a mis padres, así que no les había contado lo ocurrido. Intuían que algo había pasado, porque cada vez que entraban en mi cuarto a preguntarme si quería algo de comer o beber me encontraban con la mirada perdida en la misma página del libro. En realidad, mientras fingía que estudiaba, lo que hacía era reproducir en mi cabeza la película de todo lo que había pasado en las últimas semanas, una y otra vez: nuestro primer encuentro con Rai, todas las conversaciones a solas con él, su actitud hacia mí cada vez que estábamos con más gente, su comportamiento el día en que huyó de mí por la calle, la letra de la canción…, todo. Cuanto más pensaba en ello, más segura estaba de que no eran paranoias mías: Rai estaba jugando a la confusión, de eso no quedaba duda. Lo que tenía que descubrir era por qué.

Pero ¿cómo?

No lo supe hasta que uno de aquellos días idénticos entre sí, que yo desperdiciaba inventando maneras de recuperar a Gaia, recibí una llamada de Ciro.

—¡Bueno, pero si es la desaparecida! —me dijo cuando respondí al teléfono—. ¿Qué tal estás?

—Más o menos… —dije yo.

—Uy, ¿y esa vocecilla? —preguntó, preocupado—. ¿Te has puesto mala? El estrés hace que te bajen las defensas…

—No, estoy bien. De salud por lo menos.

—¿Entonces? Te llamaba porque hace un montón que no te vemos. Ya no te apuntas a ninguno de los planes que hacen Rai y Gaia…

—Ya, es que… —Dudé si contarle o no a Ciro lo que había pasado entre Gaia y yo, no quería ponerle en contra de su amigo, aunque fuera un mentiroso patológico, pero… igual podía ayudarme—. Es que Gaia y yo hemos discutido.

—¿Y eso? ¡Pero si sois uña y carne!

—Yo qué sé. Será el estrés, como tú dices, que nos hace saltar por cualquier cosa. Lo malo es que Gaia se lo ha tomado muy en serio y me tiene bloqueada por todos sitios. No puedo hablar con ella por ningún medio…

—Oye, ¿quieres que hable yo con ella? —se ofreció Ciro—. Si me dices qué quieres que le diga, yo hago de intermediario.

—Bueno, yo había pensado que igual es mejor si es Rai quien habla directamente con ella. ¿Puedes darme su número? Es que, como siempre me avisa Gaia de los planes, no lo tengo…

Ciro se quedó callado un momento, dudando al otro lado de la línea.

—Sofi, te juro que no es por no dártelo, de verdad, ni porque no me fie de ti, pero… es que Rai se va a poner hecho una furia si se entera de que te he dado su móvil sin preguntarle antes… —se disculpó. Entonces tuvo una idea—. ¿Y si hacemos otra cosa? Yo le explico la situación, le doy tu móvil y que te llame él, ¿te parece?

—Gracias, Ciro, eres un amor —le dije.

—No tienes por qué dármelas. Cuanto antes arregles las cosas con Gaia, antes volveré a verte, ¡y tengo muchísimas ganas!

Me sentí un poco mal por meter a Ciro en todo aquel embrollo. Él siempre había sido bueno conmigo y no quería mezclarse en aquella situación tan extraña, pero no se me ocurría otra manera de resolver todo aquello.

Porque, ya que no podía hablar con Gaia, había decidido hablar directamente con Rai.

No habían pasado ni tres cuartos de hora desde mi conversación con Ciro. Yo estaba tumbada en la cama, mirando al techo, ensayando mentalmente la conversación que esperaba tener con él cuando me sonó el teléfono otra vez.

Era un número desconocido, pero reconocí las cifras del móvil desde el que Rai me había escrito por primera vez.

—Rai —respondí inmediatamente, sin preguntarle siquiera si era él.

—Hola, Sofi —dijo él—. Tenía ganas de hablar contigo.

Solo eso bastó para que todas mis defensas se derrumbaran, para que todo lo que había estado ensayando se borrara de mi mente. Era la voz del Rai que tanto me había cautivado las pocas veces que había podido estar a solas con él, no la del Rai al que culpaba de todos mis problemas. Sin embargo, no pude evitar que la mecha de la bomba que tenía en el estómago desde hacía días se encendiera con un chispazo.

—¿Ah, sí? ¿Y por qué tenías tantas ganas de hablar conmigo? ¿Te apetece que repasemos Historia juntos? ¿O prefieres darme consejos para redecorar mi habitación? ¿O igual querías decirme directamente que soy la casualidad más bonita que has tenido en mucho tiempo? ¿Cuál de todas esas cosas querías, Rai?

La furia burbujeaba dentro de mí como agua hirviendo, y salía a borbotones en forma de palabras que sabía que me iba a arrepentir de haber pronunciado, pero que era incapaz de contenerme.

—Para decirte que siento mucho que hayas discutido con Gaia por mi culpa —dijo, serio.

—Dudo mucho que eso te lo haya dicho Ciro —repliqué yo—, porque no lo sabe. ¿Te ha contado Gaia lo que le dije?

—No… —dudó—. Gaia no me ha dicho nada. Pero yo sé que ha sido culpa mía, y lo siento de verdad. Lo último que me gustaría es ser el motivo de que rompáis vuestra amistad.

—¿Y qué piensas hacer al respecto? ¿Vas a dejar de mentirle y decirle que estás ensayando cuando en realidad sales de casa camuflado como si fueras a atracar un banco? ¿Le vas a contar la verdad?

—Y también te la voy a contar a ti —me dijo. Yo me quedé sin respiración, esperando a que él rompiera el silencio—. Pero por aquí no —suspiró—. En persona.

—¿Cuándo? —pregunté yo.

—El día que empieza la gira, en el concierto que daré en la ciudad.

—Si de verdad quieres que volvamos a ser amigas, deja de jugar con nosotras, Rai. Esto parece otro más de tus jueguecitos.

—El día del concierto, Sofi, te prometo que se aclarará todo. Tú solo ocúpate de venir. Y tendrás la verdad.

Rai colgó el teléfono, sin darme oportunidad de contestar.

Y dejándome con una pregunta en los labios.

¿La verdad? ¿A qué se referiría con «la verdad»?

CAPÍTULO 18

Los días previos al concierto de inauguración de la gira de Rai pasaron a toda velocidad, como un meteorito cuyo avance me veía incapaz de detener. Me sentía como si aquella fecha corriera a estrellarse contra mí y a destruirlo todo. Si no quería que se abriera un enorme cráter que engullera mi mundo, tenía que tomar una decisión. ¿Ir y averiguar la verdad, aunque la verdad fuera dolorosa? ¿Quedarme en casa y dejar las cosas como estaban, aunque las cosas no estuvieran muy bien?

A veces, encerrada en mi cuarto, rodeada de libros, apuntes y nervios, solo quería que alguien decidiera por mí. Lanzar una moneda al aire y echarlo a cara o cruz.

Cara. Voy, y todo se arregla.

Cruz. Me quedo, y todo se arregla.

Ojalá fuera tan fácil.

La realidad es que no podía dejar aquella decisión en manos del azar. El día del concierto había llegado y tenía muchas cosas en juego. Y eran cosas muy importantes.

Para empezar, los resultados de los exámenes de selectividad que me habían obsesionado durante todo el año. Cuanto más leía, menos entendía, y cuanto menos entendía, más nerviosa me ponía. Faltaban muy pocos días para el examen, y yo era incapaz de retener una sola palabra más. Gaia y Rai me perseguían sin descanso en cada pensamiento.

En cuanto a Gaia, ella y yo seguíamos sin hablar. Seguía sin responder a mis mensajes o dar señales de vida. Y, si me presentaba en el concierto de su novio sin avisar, tal vez le diera por pensar que la estaba retando, o algo por el estilo. Tal y como estaban las cosas entre nosotras, estaba segura de que se lo iba a tomar mal, y eso no iba a hacer más que empeorarlo todo.

Lo único que sí sabía era que necesitaba que Rai me explicara «la verdad». Lo necesitaba más que comer o dormir. Toda aquella situación me ahogaba, y a veces la angustia me sobrepasaba y no me dejaba respirar. Yo intentaba disimularlo lo mejor que podía para no preocupar a mis padres, pero un día la presión acumulada se me desbordó por los ojos.

Me había echado a llorar delante del bol de cereales del desayuno.

—Sofi, ¿estás llorando? —me preguntó mi madre, preocupada, con la taza de café que acababa de prepararme en la mano.

Me toqué las mejillas mojadas. Ni siquiera me había dado cuenta. Enterré la cara en las manos y empecé a sollozar con fuerza.

—Mi amor, ¿qué te pasa? —dijo mi madre, abrazándome con fuerza contra su pecho—. ¿Es por la selectividad? Cielo, sé que estás muy agobiada, pero solo es un examen, no es el fin del mundo. Lo peor que puede pasar es que no saques la nota que quieres y tengas que volver a presentarte en septiembre. Las plazas para estudiar Diseño no suelen agotarse y...

—Ya lo sé, ya lo sé... Es solo que estoy muy cansada, necesito que esto se termine ya. No estoy durmiendo muy bien últimamente... —mentí.

Mi madre me sostuvo el rostro entre las dos manos y me miró directamente a los ojos mientras me acariciaba la mejilla con un dedo. Tenía esa mirada penetrante con la que las madres detectan en menos de un segundo si les estás mintiendo o no.

—Yo tampoco duermo demasiado bien últimamente, la verdad —dijo, torciendo los labios—. No dejo de pensar que hay algo más que agobio por los exámenes dentro de esa cabecita. Creo que te ha pasado algo que no nos quieres contar…

Yo miré al suelo, avergonzada. No es que no quisiera hablar con mi madre. Es que no sabía ni por dónde empezar. Ni siquiera yo sabía lo que me pasaba. ¿Estaba así de mal porque llevaba días sin hablar con Gaia? ¿Porque detestaba a Rai y eso me enfadaba? ¿Porque me gustaba mucho y estaba celosa? ¿Porque no soportaba que estuviera mintiendo a mi mejor amiga? ¿Porque estuviera jugando con nosotras? ¿Porque tenía miedo de que lo que fuera a contarme en el concierto nos hiciera daño?

No tenía ni idea.

Pero había una cosa que sí sabía.

Estaba hecha un lío, y delante de mí tenía a una persona que se preocupaba por mí y me quería más que a nada. Un consejo suyo no me iba a venir nada mal.

—Sí que me pasa algo, mamá —dije al final, con un nudo en la garganta—. Resulta que me he enterado de que en el instituto hay alguien que muestra una cara en público y otra en privado. De cara a los profes parece el alumno modelo, y todo el mundo lo adora, pero en realidad yo le he pillado haciendo trampas. Ha aprobado todo el curso y los exámenes finales copiando. Se ha llevado la matrícula de honor del curso, perjudicando a otras personas que se han esforzado más. He intentado decírselo a los profesores, pero no me creen. Piensan que estoy intentando delatarle porque tengo celos de sus notas, o algo así. Tengo pruebas, pero ni siquiera quieren verlas. Y, encima, ahora he quedado como una mentirosa y nadie me cree, pero yo sé que tengo razón. Ahora tengo una oportunidad de demostrar que llevo razón, pero no quiero volver a fastidiarla y liar más las cosas. ¿Tú qué harías? ¿Insistirías para que se descubra la verdad, o lo dejarías estar?

Suspiré, aliviada. Aunque no le hubiera contado exactamente lo que había ocurrido, había sido liberador compartir con alguien el peso de aquel dilema.

Mi madre se acarició el mentón, pensativa, y volvió a clavar sus ojos en los míos.

—Bueno, yo creo que las mentiras siempre terminan cayendo por su propio peso, Sofi —dijo—. Pero parece que descubrir la verdad es algo que te preocupa mucho. ¿Es algo que te afecta a ti directamente? ¿Te está perjudicando de alguna manera?

—Más o menos —reconocí yo.

—Si estás segura de que esa persona está mintiendo, cielo, yo iría a por todas. Cuando tengas la verdad en la mano, nadie podrá quitarte la razón.

—Gracias, mamá —le respondí. Me acerqué a ella para darle un fuerte abrazo y un beso en el cuello.

—¿Te he ayudado? —me preguntó—. ¿Estás más tranquila?

—Sí, mucho más. —Aparté el cuenco de cereales chiclosos, cogí la taza y me dirigí hacia la puerta de la cocina—. Voy a subirme el café a la habitación, ¿vale? Y así aprovecho para seguir estudiando.

—Claro, mi vida, como tú prefieras —dijo mi madre, con voz preocupada—. Sofía, ¿seguro que no te pasa nada más?

Su intuición de madre le decía que la historia que le había contado no era más que una manera de camuflar el verdadero problema que me preocupaba.

—Sí, mamá. Solo es frustración y un poco de cansancio acumulado, nada más.

Y, antes de que pudiera seguir con el interrogatorio, subí corriendo a mi habitación.

Su consejo me abrió los ojos. Rai había prometido contarme la verdad en su concierto. Y, cuando tuviera la verdad en la mano, Gaia no podría quitarme la razón. Si se negaba a ver que ahí estaba pasando algo, el problema ya no sería mío, sino suyo. Cabía la posibilidad de que mi mejor amiga no quisiera hacerme caso, pero al menos yo habría hecho todo lo posible por arreglar las cosas.

De acuerdo, iría al concierto de Rai.

Y descubriría la verdad, fuera cual fuera.

CAPÍTULO 19

Mi madre no puso objeciones en que fuera al concierto de Rai. Seguramente pensó que me vendría bien despejarme un poco, sobre todo después de la explosión de lágrimas que había ocurrido en el desayuno. Lo que le costó un poco más fue acceder a llevarme a la ciudad.

—Pero ¿el concierto no es del novio de Gaia? —me preguntó—. ¿No manda siempre un coche para que venga a recogeros?

Yo clavé los ojos en el suelo.

Mi madre ató cabos. De repente comprendió, sin necesidad de palabras, que mi llanto del desayuno tenía más relación con aquel concierto y con Gaia que con alguien que hubiera aprobado inmerecidamente el curso. Y, también sin necesidad de palabras, me hizo saber que me apoyaría al cien por cien sin importar lo que ocurriera.

Así que se levantó del sofá, me dio un beso en la frente y cogió las llaves del coche sin hacer más preguntas.

Tampoco dijo nada durante el trayecto a la ciudad, y yo agradecí aquel silencio. Me permitía pensar, ensayar mentalmente todos los posibles obstáculos que podía encontrar. Le había mandado a Gaia un mensaje para avisar de que iba al concierto, pero dudaba que lo hubiera leído: seguía teniéndome bloqueada en todas sus redes. También le había mandado un mensaje a Rai, avisándole de que iba a ir al concierto. Me había contestado únicamente con un *link*, una especie de lista de invitados que permitía acceso al recinto y a los camerinos.

No supe si quien me había contestado con tanta sequedad era el Rai que me ignoraba el noventa por ciento del tiempo que pasábamos juntos, o el chico tímido e introvertido que me había prometido la verdad.

Algo me decía que lo descubriría muy pronto…

Tan pronto como consiguiéramos atravesar la marea de gente que colapsaba las calles cercanas al estadio donde iba a celebrarse el concierto.

Mi madre se iba agobiando cada vez más. Si un atasco en la carretera la sacaba de sus casillas, no quería ni imaginar lo agobiada que estaría en medio de aquella confusión de coches y gente. Por todas partes, chicas y chicos de mi edad desfilaban luciendo camisetas, pañuelos y hasta el nombre de Rai pintado en la piel.

Rai estaba en todas partes.

—Mamá, puedes dejarme aquí, si quieres —le dije cuando llegamos a un cruce donde podía dar la vuelta—. Ya estamos cerca.

—¿Seguro?

—Sí. Además, yo no tengo que hacer toda esa cola. Tengo pase VIP —dije, intentando forzar mi mejor sonrisa—. Ventajas de ser amiga de la novia del cantante.

—¿Quieres que te espere en algún sitio y te lleve a casa cuando termine el concierto? —me preguntó, mirándome con el ceño fruncido.

A ella no podía engañarla. Era perfectamente consciente de que me pasaba algo, y que ese algo estaba directamente relacionado con aquel concierto... y con Gaia.

Pero también sabía que no se lo iba a contar.

—No te preocupes, mamá —le dije, dándole un beso en la mejilla para tranquilizarla—. Vete a casa. Si necesito algo, te llamo.

Bajé del coche y esperé a que mi madre doblara por la única calle por la que podía salir de aquel atasco. Cuando estuve sola (o todo lo sola que podía estar en aquel momento), respiré hondo y comencé a abrirme paso a brazadas entre los fans de Rai.

—Ay, tengo muchísimas ganas de verle.

—¡Me encanta!

—¡Todo lo que hace es increíble!

Las chicas que había junto a la entrada estaban entusiasmadas. Debían de llevar horas acampadas en la puerta, esperando pacientemente para asegurarse sitios en primera fila.

Sus nervios y los míos eran muy distintos y, a la vez, muy parecidos. Ellas estaban a punto de ver de cerca a Rai Vila y vibraban de emoción. Y, aunque ya lo conociera en persona, yo no tardaría en descubrir su verdadera cara.

Lo que me ponía nerviosa no era la emoción de conocer a Rai, sino el miedo de no hacerlo.

Las chicas del grupo me asesinaron con la mirada cuando vieron que pasaba a su lado y me dirigía hacia la zona a la que solo se podía acceder por lista. El corazón se me aceleró cuando pensé que, quizá, Rai se había arrepentido en el último momento y había decidido borrar mi nombre. Pensaba que los latidos se relajarían un poco cuando el vigilante de seguridad localizara mi nombre y me permitiera pasar pero, cuando crucé la puerta y me encontré dentro del recinto, la taquicardia no hizo más que empeorar.

Estaba dentro. Estaba a punto de conocer la verdad.

Y también de reencontrarme con Gaia.

Mi amiga estaba al fondo de un largo pasillo, delante de una cámara enorme, un micrófono y una periodista que buscaba entrevistar a mi amiga y ahora presidenta del club de fans de Rai Vila. Gaia los miraba con cara divertida: debía de hacerle gracia que conocer a una persona tan cercana a ella fuera tan crucial para otras personas. Avancé por el pasillo, directa hacia ella, y se me encogió el estómago cuando me dio por pensar que Gaia iba a descubrir, muy pronto, que Rai también era un desconocido para ella.

—Perdone, no puede pasar —me dijo un guardia de seguridad en cuanto rebasé un cartel. En el cartel se leía: «RESERVADO»—. Esta zona es solo para la banda y los amigos y familiares del artista.

Gaia desvió la vista de las cámaras y se fijó en el pequeño revuelo que había causado mi llegada. Yo la busqué con los ojos y sus pupilas se clavaron en las mías durante un momento. A través del aire que nos separaba, ignorando a aquel hombre que se interponía entre nosotras, volaron miradas silenciosas que significaban mucho más que cualquier palabra.

—Señorita, le he dicho que no puede estar aquí —insistió el guardia.

Yo tenía la boca seca, la mente en blanco y las manos resbaladizas por el sudor. Los nervios se me estaban escapando por la piel, y no sabía cómo reaccionar.

—Yo…, yo… —tartamudeé.

—Déjela entrar —dijo entonces Gaia, viniendo hacia mí. Calló durante un segundo—. Es amiga mía... y de Rai.

El guardia de seguridad nos miró a las dos, confuso, y se hizo a un lado. Cuando Gaia y yo estuvimos frente a frente, el hombre se dio la vuelta y siguió vigilando la entrada a la zona reservada.

—Has venido —me dijo.

No parecía particularmente contenta, pero tampoco enfadada.

—No esperabas que lo hiciera.

—Yo no te he invitado —contestó Gaia. Me di cuenta de que estaba más sorprendida que molesta.

No supe qué contestar, y se hizo un silencio incómodo. Sentía que tenía una oportunidad de hablar las cosas con ella, de recuperar a mi amiga. No quería estropearla diciéndole que su novio, por el que ella sospechaba que yo sentía algo, era quien me había invitado.

—Lo sé. Bueno, Ciro me mandó una entrada —mentí—. El tipo de la puerta me ha reconocido de haberme visto en otros eventos y tú… has hecho el resto.

—¿Tantas ganas tenías de ver el concierto? —me preguntó ella, con media sonrisa.

El silencio volvió a apoderarse de nosotras. Nunca me había sentido tan violenta con Gaia. De repente temí que la relación tan especial que teníamos antes nunca volviera a ser la misma.

—Tenía ganas de verte a ti —respondí.

Silencio otra vez.

No sé cuántos segundos estuvimos así, cara a cara, con la vista clavada en el suelo, mirándonos de reojo de vez en cuando, pero a mí se me hicieron eternos.

La oscuridad y un par de acordes de guitarra vinieron en nuestro rescate.

—¿Y la luz? —pregunté cuando nos quedamos casi a oscuras en el pasillo.

—¡Son los teloneros! —dijo Gaia, sorprendida de que el concierto hubiera empezado sin que ella se hubiera dado cuenta—. ¡Vamos!

Me cogió de la mano y me arrastró con ella hasta los bastidores del escenario. Desde allí, muy cerca del grupo, empezamos a seguir la música. Para mi sorpresa, Gaia no me soltó la mano en todo el trayecto. Cuando estuvimos frente al escenario, empezó a bailar conmigo el primer tema de la banda invitada. Al principio, yo me movía muy tímidamente, pero, a medida que la música sonaba, fui dejándome llevar y soltándome más y más. Bailamos juntas, nos sonreímos levemente, seguimos bailando y, para cuando la canción hubo terminado, nos reíamos como siempre lo habíamos hecho. De repente, la sensación de angustia que me atenazaba el pecho había desaparecido.

—Me alegro de que hayas venido, aventurera —me dijo ella, en cuanto la última canción de los teloneros se apagó en el aire. Sus ojos brillaban de felicidad.

Yo me eché a su cuello, y la abracé con todas mis fuerzas.

—No sabes cuánto te he echado de menos —susurré, a través de su melena rubia.

—No te preocupes —respondió sin soltarme, también entre susurros—. Yo también te he echado muchísimo de menos a ti. Pero ya no nos vamos a extrañar más. No quiero perderte. Nada ni nadie nos va a separar.

El estómago se me volvió a encoger de repente.

Los teloneros salieron del escenario entre aplausos y los técnicos corrieron a recoger sus instrumentos para cambiarlos por los que iban a necesitar Rai y su banda. El ambiente de la sala era espectacular.

—Vamos a disfrutar del concierto, ¿vale? —le dije a mi mejor amiga.

Nada ni nadie nos va a separar, repetí en mi cabeza lo que Gaia acababa de decirme. Y esperé, con todas mis fuerzas, que no se arrepintiera de sus palabras cuando Rai nos explicara, por fin, a qué demonios estaba jugando.

CAPÍTULO 20

La gente esperaba ansiosa a que Rai y su grupo salieran al escenario. Como siempre pasa en las grandes ocasiones, cada segundo de espera alimentaba la expectación como el fuego de una hoguera. El ambiente iba caldeándose poco a poco mientras el público tarareaba algunos de los grandes éxitos de la banda y aplaudía cada novedad en el escenario. Los técnicos colocaban la batería. Aplauso. Había una prueba de sonido. Aplauso. Se encendían las pantallas gigantes. Aplauso.

El aplauso se hizo más intenso cuando Ciro y el resto de la banda se colocaron en sus puestos con una sonrisa y empezaron a jugar con los instrumentos. Era imposible no contagiarse del entusiasmo general.

Cuando Rai saliera al escenario, el recinto entero iba a estallar de emoción.

Pasó un minuto.

Pasaron dos.

Pasaron cinco.

Pasaron quince minutos y Rai todavía no había salido al escenario. La situación se hizo alarmante cuando los miembros del grupo dejaron de tocar y empezaron a mirarse entre sí, confusos. Tan confusos como el público que bramaba exigiendo la presencia de su estrella. Ciro miró hacia algún lugar fuera del escenario y corrió hacia bambalinas. Cuando volvió a entrar, sus ojos se cruzaron con los míos y los de Gaia. En su rostro había preocupación. Gaia se limitó a negar con la cabeza, inquieta.

Nadie sabía dónde estaba Rai.

—¿Qué está pasando, Gaia? —le pregunté.

—No…, no tengo ni idea —reconoció ella—. Rai debería haber salido hace por lo menos quince minutos —dijo, mirando la hora en el móvil—. Espero que todo vaya bien.

La atraje hacia mí y le apoyé la cabeza en el hombro.

—No te preocupes —la tranquilicé—. Seguro que está calentando al público. Le gusta hacerse de rogar.

Gaia se puso tensa. Yo levanté la cabeza de su hombro.

—¿Por qué dices eso? ¿Sigues pensando cosas raras de Rai?

Yo miré al suelo. No quería estropear la conexión que había vuelto a surgir entre nosotras, pero me pareció que aquel era el mejor momento para hablar con ella y explicarme. Bueno, más o menos.

—No, no, no es eso… Ay, Gaia, lo siento. He sido una idiota.

Ella me miró con las cejas enarcadas sobre sus preciosos ojos marrones. No brillaban, no sabía si por la preocupación por Rai, que seguía sin dar señales de vida, o porque le daba miedo lo que fuera a salir de mis labios.

—Mira, yo… —añadí—. Tenía miedo.

—¿Miedo?

Gaia no entendía nada.

—Sí. Tenía miedo de quedarme atrás. De no saber estar a la altura en esta aventura que las dos estábamos viviendo juntas —reconocí—. Creo que tenías razón cuando dijiste que a lo mejor lo que me pasaba es que estaba celosa. Tenía miedo de estar perdiéndome algo por no tener una relación tan especial como la que tú tenías con Rai. De estar viviendo tu aventura, en vez de la mía. Tenía miedo de dejar de interesarte, de quedarme sola…

—¿De quedarte sola? ¿En serio? —Gaia parecía dolida—. Pero si he pasado casi más tiempo contigo que con Rai desde que salgo con él. Me he esforzado muchísimo por incluirte en todos nuestros planes, en que disfrutaras al máximo de todo lo que nos estaba pasando… ¿Qué he hecho mal para que pensaras que podía dejarte sola? ¿Pensabas que iba a preferir a Rai a nuestra amistad?

Yo me mordí el labio y desvié la mirada. Era normal que Gaia no entendiera nada. Aunque había reconocido ante ella bastantes cosas que eran ciertas, cosas que a mí me había costado mucho tiempo reconocer ante mí misma, estaba dejando fuera una parte fundamental de la historia. Una parte muy importante para entenderlo todo. Una parte que todavía no podía contarle a Gaia.

No hasta que no hablara con Rai.

—Lo siento, de verdad, Gaia. Nada de esto ha sido culpa tuya —le dije, sin especificar de quién era, porque todavía no lo sabía—. Por favor, no te enfades conmigo.

—Estás más que perdonada, Sofi, no seas tonta.

Me abrazó, y yo noté cómo el cuerpo se me relajaba. Toda la tensión de las últimas semanas se esfumó mágicamente de mis músculos. Los de Gaia, sin embargo, seguían rígidos.

Porque Rai seguía sin aparecer por ningún lado.

Gaia se separó de mí y miró hacia el escenario.

—Debería haber salido ya.

—¿No te ha escrito, ni nada? —pregunté.

Ella sacó el móvil. Había pasado casi media hora desde que la banda había salido a tocar.

—Esto es muy raro —dijo, negando con la cabeza—. Y la gente está empezando a enfadarse.

—¿Y si le llamas? —le pregunté.

Gaia buscó el número de Rai en la agenda y marcó.

Un tono, dos, tres, cuatro, cinco... Gaia agotó los tonos y me miró, con ojos desesperados. Luego, miró a Ciro, que no perdía de vista ninguno de nuestros movimientos. Dejó la guitarra en el suelo, improvisó una disculpa al micrófono para los asistentes (que ahora se habían puesto a chiflar con impaciencia), y se acercó a nosotras.

—¿Habéis podido hablar con él? —nos preguntó.

—Qué va —dijo Gaia—. Le he llamado tres veces, pero no me ha respondido ninguna.

—Está en línea —dije yo, mirando su estado de WhatsApp—. ¿Queréis que le escriba un mensaje?

—Pero si a mí me sale que hace tres horas que no se conecta —respondió Gaia, extrañada—. ¿Estás segura de que tienes bien su móvil?

—Cre-creo que sí —balbuceé.

Era el móvil desde el que Rai me había llamado para invitarme al concierto. El mismo desde el que me había escrito por primera vez y al que yo había avisado para que me pusiera en lista…

—¿Rai tiene dos móviles? —preguntó Gaia.

Ciro me miró primero a mí y luego a Gaia con la boca abierta. Me pareció ver en sus ojos que había descifrado el misterio de la ausencia de Rai. Algo había hecho clic en su mente. Justo cuando iba a responder, los silbidos y los gritos del público aumentaron de volumen.

—¡Menuda estafa!

—¡Devolvednos nuestro dinero! —gritaban desde el público.

—Tenemos que hacer algo —dijo Ciro, preocupado—. Sofi, por favor, ¿puedes avisar a los técnicos de sonido de que Rai ha tenido un pequeño problema técnico? Que avisen por megafonía de que el concierto se demorará un poco. Y tú, Gaia, ¿puedes intentar contactar con él? Yo voy a hablar con su mánager, a ver si ella sabe dónde está, o qué ha pasado.

Ciro ni siquiera esperó a que contestáramos. Salió de las bambalinas corriendo a toda prisa y empezó a encadenar una llamada detrás de otra mientras se alejaba de allí a toda prisa.

—¿Tú sabes qué está pasando, Sofi? —me preguntó Gaia. El asunto del doble número de móvil la había dejado aún más intranquila de lo que ya estaba.

—No tengo ni idea —contesté con sinceridad—. Pero esto no me huele nada bien.

—A mí tampoco —reconoció ella.

Con los gritos y los silbidos de los fans enfadados de fondo, Gaia y yo hicimos lo que Ciro nos había pedido.

«El comienzo del concierto se demorará por problemas técnicos. Les rogamos que disculpen las molestias», dijeron por el megáfono cuando yo avisé a los técnicos de sonido.

Los miembros de la banda abandonaron sus puestos y corrieron a refugiarse detrás del escenario, haciendo reverencias y dedicándole al público sonrisas de disculpa.

—¿Has conseguido dar con él? —le pregunté a Gaia cuando volví a reunirme con ella entre bambalinas.

—No —respondió ella, más enfadada que preocupada—. Pero vamos a ir a buscarlo.

CAPÍTULO 21

—Gaia, ¿adónde vas? —le pregunté, intrigada.

Mi amiga recorría los pasillos del recinto como un huracán.

—¿Cómo que adónde voy? —respondió, nerviosa—. ¡Estoy buscando a Rai!

—Pero no podemos registrar el estadio entero…

—¡Y qué quieres que haga, si no! ¡En algún sitio tiene que estar!

—¿Dónde estaba la última vez que lo viste?

—¡Pues dónde iba a estar! ¡En su camerino!

—¿Y… alguien ha mirado allí?

Gaia frenó en seco. Lo que yo acababa de decir era una obviedad, pero, aparentemente, no se le había ocurrido en ningún momento.

Gaia me agarró de la mano y echó a correr conmigo. Jadeantes, con el corazón acelerado, las dos recorrimos a toda velocidad el largo pasillo que llevaba hasta los camerinos. Las pulsaciones se nos aceleraron aún más cuando el mismo guardia de seguridad que había estado a punto de no dejarme pasar a la sala nos dio el alto.

—¡Chicas! ¡No podéis pasar ahí dentro! —nos detuvo.

—Pol, que soy yo —explicó ella intentando esquivarle—. Gaia, la novia de Rai.

—Sí, y ella es tu amiga. Eso ya lo sé. Pero no podéis pasar al camerino —respondió él, tajante, extendiendo los brazos y abriendo mucho las piernas para abarcar el mayor espacio posible.

—Pero ¿por qué? ¿Qué pasa? —pregunté yo.

—La policía ha delimitado un perímetro de seguridad y no deja pasar a nadie. Para eso me tienen a mí aquí.

Efectivamente, detrás del guardia de seguridad se extendía una cinta de plástico blanco con el símbolo de la policía que cruzaba el pasillo de lado a lado.

—¿La poli...? —balbuceé—. ¿La policía?

Gaia no pudo decir nada. Abrió la boca en un grito que no llegó a pronunciar, y el color fue abandonando poco a poco su cara hasta desaparecer del todo. Se le cerraron los ojos y se tambaleó. Afortunadamente, Pol y yo reaccionamos a tiempo y pudimos cogerla de los brazos antes de que cayera al suelo, desmayada.

—Por favor, tiene que averiguar qué está pasando —le pedí a Pol mientras la tendíamos en el suelo y le levantábamos las piernas. El guardia cogió una botella de agua, se mojó la mano y empezó a salpicarle gotitas en la cara.

—No puedo, de verdad, yo no soy policía.

Pol miró hacia el fondo del pasillo, a los dos agentes que custodiaban la puerta del camerino.

—Estamos muy preocupadas —le dije, mirándole a los ojos—. Deje que me acerque y trate de enterarme de si todo va bien. Solo será un momento. Así nos quedaremos más tranquilas. Por favor, Pol.

Arrodillado junto a Gaia, Pol me miró fijamente, asintió una sola vez e hizo la vista gorda mientras yo me acercaba a paso rápido hacia los dos hombres de uniforme.

—Señorita, vuelva ahora mismo detrás de la cinta. No puede estar aquí.

—Perdonen, pero soy la mejor amiga de Rai. No quiero molestarles, solamente quiero saber si Rai está bien. Su novia está muy preocupada. Se ha desmayado cuando ha visto que estaban ustedes aquí. ¿Va todo bien?

Los policías intercambiaron una mirada cómplice entre ellos.

—¿Dice usted que la novia de Rai Vila está aquí?

—Sí. Y, como les he dicho, está muy preocupada. Todos lo estamos.

—¿Sabe usted si ha estado recientemente con él?

—Creo que sí. Me ha dicho que le había visto en el camerino, pero no sé hace cuánto tiempo. Imagino que justo antes de que empezara el concierto de los teloneros. Tendrían que hablar directamente con ella —dije, señalando hacia el lugar donde Pol ayudaba a Gaia a incorporarse.

—Quizá pueda ayudarnos —dijo uno de ellos, haciéndole un gesto al otro para que le siguiera. Y, dirigiéndose hacia mí, añadió—: Venga con nosotros, señorita.

Yo aproveché que los dos hombres de uniforme ya habían echado a andar por el pasillo para echar un vistazo por la puerta abierta del camerino.

Todo estaba en orden, no había nada fuera de lugar. O a mí no me lo pareció, al menos. Desde luego, Rai no estaba allí. No supe muy bien por qué, pero aquello me alivió. Fuera lo que fuera lo que lo había sacado de allí, no había sido nada violento. No quise entretenerme demasiado para que la policía no me llamara la atención, y eché a trotar tras ellos por el pasillo. Cuando llegué, el único de los dos que había hablado conmigo estaba arrodillado en el suelo junto a Gaia.

—Su amiga dice que el desaparecido es su novio. ¿Podría contestar a unas preguntas para ayudarnos en nuestra investigación?

—¿De-desaparecido? —preguntó ella, desconcertada.

—Sí, señorita, su novio ha desaparecido —le confirmó el otro policía—. Su representante nos ha contactado hace media hora, después de que uno de los técnicos de sonido llamara para informar de que no lo localizaban por ningún sitio. Estamos barajando la posibilidad de que se trate de un secuestro.

Los ojos de Gaia se abrieron de par en par. Uno de los agentes trajo una de las sillas del camerino para que estuviera más cómoda, y el otro se arrodilló a su lado.

—¿Cuándo y dónde fue la última vez que lo vio? —preguntó.

—En el camerino —dijo Gaia, señalando con la cabeza al fondo del pasillo—. Hará… —Miró la hora en el móvil—. Dos horas, más o menos.

—¿Tenían algún problema? —preguntó el hombre—. ¿Discutieron ustedes?

—¿Qué? ¡No, claro que no!

—¿Estaba triste, abrumado por algo? —insistió—. ¿Notó alguna cosa que se saliera de lo habitual? ¿Algo extraño? Cualquier cosa puede sernos de ayuda.

—Bueno, estaba nervioso, como antes de cualquier concierto… —dudó Gaia—. Pero estuvimos haciendo bromas para que se relajara, tocando un poco la guitarra. Ciro, el guitarrista, también estaba con nosotros.

—¿El guitarrista del grupo también estuvo con él en el camerino? —El policía miró a su compañero—. Quizá ese testigo pueda aportarnos más información.

—¿Testigo? ¿Testigo de qué? Oiga, ¿cree que yo tengo algo que ver con que Rai haya desaparecido? ¿Soy sospechosa de algo?

Gaia estaba muy nerviosa. Hablaba a toda velocidad y movía las manos muy muy deprisa.

—Señorita…

El policía que estaba junto a mí me miró como pidiéndome que completara la frase.

—Gaia, se llama Gaia.

—Señorita Gaia, tranquilícese, por favor. Nadie la está acusando de nada. Solo queremos obtener la mayor cantidad posible de información para averiguar dónde se encuentra Rai Vila —dijo el policía más amable, apoyándole una mano en el hombro.

—¿No tienen alguna sospecha de dónde puede estar? — pregunté yo—. ¿O de qué ha podido pasarle?

—Es muy pronto para hacer conjeturas —dijo el más serio de los dos—. Y, en todo caso, esa sería información confidencial.

En ese momento, el *walkie-talkie* del policía comenzó a sonar.

—¿Cómo? —preguntó, acercándoselo a la oreja—. ¿Están seguros? —Le hizo un gesto a su compañero para indicarle que le siguiera—. Vamos para allá.

—¿Adónde van? —preguntó Gaia—. ¿Lo han encontrado?

—No se muevan de aquí —fue la única respuesta que nos dio aquel policía que parecía sospechar de Gaia.

Los policías se alejaron corriendo por el pasillo, y Gaia hundió la cara en las manos. Empezó a sollozar tan fuerte que el cuerpo entero se le sacudía con violentos temblores.

—No llores, Gaia. Seguro que no es nada —la consolé, abrazándola.

Pero a mí también me temblaba todo el cuerpo, y ni siquiera yo creía mis propias palabras. Había pasado algo, algo grave. La tensión que me había invadido durante los últimos días volvió a agarrotarme los músculos y el pensamiento.

Pero, esta vez, multiplicada por mil.

CAPÍTULO 22

Gaia tardó un buen rato en tranquilizarse. Para cuando se le secaron las lágrimas y el pecho se le volvió a mover a un ritmo normal, estábamos solas. Los policías se habían marchado (a hacer cosas de policías, supongo). Por su parte, Pol le había traído a mi amiga un vaso de agua y se había alejado unos pocos pasos de nosotras. Yo le agradecí a aquel guardia de seguridad tan atento que nos dejara un momento de intimidad para que Gaia pudiera desahogarse a gusto, a solas conmigo.

Saqué un pañuelo de papel de mi bolso, me arrodillé frente a ella, le cogí las manos y la miré a los ojos.

—¿Estás más tranquila? —le pregunté.

—No…, no mucho. Sigo muy preocupada por Rai —me dijo, con voz ronca—. Pero ya no puedo llorar más.

—¿No se te ocurre qué puede haber pasado? ¿O quién podría saber dónde se ha metido?

—No, ya se lo he dicho a la policía. Estuvo conmigo y con Ciro antes de que me encontrara contigo y…, y… No sé. ¿Quizá con alguien más de la banda?

Miré al fondo del pasillo, hacia la puerta abierta del camerino. De pronto, se me ocurrió una idea.

—Oye, Gaia, ¿sabes si Rai y su banda comparten camerino? —le pregunté.

—No —respondió ella—. Rai tiene un camerino privado, y el resto comparte otro que está en la otra punta del corredor.

—¿Y crees que estarán allí?

Gaia calló durante un momento. De repente, un murmullo apagado se hizo presente en el ambiente. Estábamos separadas del escenario por muros bastante gruesos pero, aun así, éramos perfectamente capaces de escuchar el ruido amortiguado de silbidos y abucheos que se filtraba a través de cada centímetro del edificio. El público llevaba algo más de una hora esperando a que comenzara el concierto, y era evidente que la gente estaba enfadadísima. Los asistentes exigían a gritos que les devolvieran el dinero de la entrada o los dejaran salir de allí. Visto el panorama, estaba segura de que los chicos de la banda se habrían refugiado en el camerino.

—Vamos a hablar con ellos —dije, tendiéndole una mano a Gaia para ayudarla a levantarse.

—Pero Ciro ya nos ha dicho antes que no tenía ni idea de dónde estaba Rai… —me recordó Gaia.

—Bueno, tampoco perdemos nada por hablar con ellos, ¿no? —insistí, dándole un pequeño tirón para animarla.

Gaia estaba confusa y agotada de llorar, así que, por una vez, decidió darme el mando de la situación y se dejó llevar. No quería preocuparla más de lo que ya estaba, pero en mi mente se había despertado una ligera sospecha. Una sospecha que tenía que ver con Ciro, con el comportamiento que había tenido justo antes de pedirme que avisara a los técnicos. Por un segundo había tenido la sensación de que, al igual que yo, él conocía esa parte que Rai no le mostraba a todo el mundo. Y, seguramente, él la conocía de una forma mucho más profunda que yo, porque era amigo de Rai de toda la vida.

Cuando llegamos al camerino vimos que, efectivamente, toda la banda estaba allí reunida. Todos estaban revolucionados y nerviosos. La batería y el bajo caminaban por la sala en círculos, como dos animales de zoológico enjaulados. Como la pared estaba completamente cubierta de espejos de cuerpo entero, la sensación de movimiento en la habitación era casi mareante. El teclista, por su parte, estaba agazapado en una esquina, en el rincón más apartado que había podido encontrar, abrazado a una bolsa de patatas fritas de la que comía compulsivamente para calmar los nervios. El único que parecía relativamente en calma era Ciro, que estaba sentado en una silla giratoria, con la vista clavada en el techo mientras daba vueltas sobre sí mismo.

O parecía tranquilo, al menos, hasta que nos vio entrar en el camerino.

—¡Gaia! ¡Sofi! —exclamó al vernos—. Me hubiera gustado ir a buscaros antes, pero ha venido la policía a interrogarnos, y nos ha pedido que no nos movamos del camerino.

—Sí, venimos de hablar con ellos —respondí.

Ciro se tensó en la silla.

—Entonces, ¿se sabe algo más de Rai? ¿Ha contactado con vosotras? ¿La policía os ha interrogado también a vosotras?

Ciro disparaba preguntas a la velocidad de una ametralladora. Si un segundo antes me había parecido tranquilo, ahora me pareció que estaba a punto de sufrir un colapso nervioso. En realidad, parecía igual de ansioso e inquieto que todos los demás. Sin embargo, yo intuía que el motivo de sus nervios no era la desaparición de Rai, sino mi presencia y la de Gaia en el camerino.

—Sí, la policía también nos ha interrogado a nosotras, pero no sabemos nada nuevo —murmuró Gaia, con voz temblorosa. Iba a echarse a llorar otra vez—. Estoy tan preocupada que no puedo ni pensar. Hace un rato estaba hablando con él en su camerino, tan tranquila, y ahora… Ahora puede haberle pasado cualquier cosa…

Los ojos se le inundaron de lágrimas, y se derrumbó otra vez. Mi amiga se apoyó en la pequeña encimera que había frente a los espejos y empezó a sollozar débilmente. La batería y el bajo dejaron de dar vueltas en círculo y fueron a tranquilizarla. El teclista se llenó la boca con el último puñado de patatas, se sacudió las migas de las manos y también fue a su lado.

Ciro miró a Gaia y tragó saliva. Se retorcía las manos, nervioso. Su mirada volaba de un lado a otro del camerino, pero siempre evitaba encontrarse con la mía.

—Ciro, tú sabes algo, ¿verdad? —susurré, agarrándole del codo y arrastrándole a un rincón un poco más apartado del camerino.

—No… Yo… Yo… Bueno, he estado tocando la guitarra con Gaia y con él en su camerino, pero eso ha sido antes de que los teloneros salieran al escenario. Nos ha preguntado si estábamos nerviosos, ha hecho un par de bromas y luego me he ido a mi propio camerino a prepararme. Y no ha pa-pasado na-nada más —tartamudeó.

Escuchar sus palabras, hizo que se me encendieran todas las alarmas. Ciro sabía algo, estaba segura.

—Ciro, voy a contarte una cosa que no le he contado a nadie hasta ahora. Pero, a cambio, necesito que tú seas sincero conmigo, ¿vale? —dije, obligándole a mirarme a los ojos.

Él dudó al principio, pero al final asintió con timidez.

—Rai oculta algo —continuó—. Lleva un tiempo mintiéndonos a todos. A ti, a Gaia, a mí… Cuando os dice que va a ensayar fuera de la ciudad, en realidad se queda en casa. Lo sé porque le he seguido y tengo pruebas de ello. Además, me ha estado escribiendo mensajes a escondidas. Me ha escrito, incluso, una canción. Una canción dedicada especialmente a mí, y en la que me decía que yo le gustaba. No sé cómo ni por qué, Ciro, pero tengo el presentimiento de que todo esto, esa doble vida que lleva, está relacionada con su desaparición. Tú eres su mejor amigo, le conoces tan bien como yo a Gaia. Pasa algo y tú sabes qué es, ¿verdad?

—¿Gaia sabe lo de la canción? —me preguntó, mirando al suelo.

—No —reconocí—. Intenté contárselo todo, lo de la canción y lo de las mentiras de Rai, pero no quiso creerme y se enfadó conmigo. Por eso llevábamos semanas sin hablarnos. Por eso te pedí el número de Rai. ¿Tú sabías todo esto?

Ciro apretó los labios hasta que se le quedaron casi blancos. Era evidente que tenía muchas ganas de contarme lo que sabía, pero, por algún motivo, no podía hacerlo.

—Ciro, si no quieres contármelo a mí, por lo menos cuéntaselo a la policía —le pedí—. Rai podría estar en peligro. Y, si él no lo está, vuestra carrera como banda podría estar a punto de acabar: los fans van a tardar mucho en perdonaros este plantón. Tenéis que solucionarlo cuanto antes.

Ciro tragó saliva y, por fin, destensó los labios. Me soltó la mano. Abrió la boca. Estaba a punto de decir algo cuando Gaia comenzó a gritar.

—¿Cómo? ¿¡En serio estás insinuando que Rai ha desaparecido por mi culpa!? —chilló mi amiga, apartándose con rabia del bajo de la banda, que acababa de decirle algo que ni Ciro ni yo habíamos escuchado.

—¡No, Gaia! No te pongas así, ¡es que no me has dejado terminar! —se apresuró a explicarse él—. Solo he dicho que la última vez que le he visto ha sido contigo. Estabais en el pasillo. Luego, tú te has ido, y él se ha metido en el camerino. Yo quería preguntarle cuándo subíamos al escenario, pero no he entrado, porque estaba hablando por teléfono con alguien. A lo mejor eso tiene que ver con que no esté aquí.

—¿Cómo sabes que solo estaba hablando por teléfono? A lo mejor había otra persona en la habitación —quiso saber Gaia, alteradísima.

—Porque las paredes de este sitio son de papel —se explicó el bajo, dando unos ligeros golpecitos y haciendo una seña para que permaneciéramos en silencio.

En cuanto dejamos de hablar, volvimos a escuchar el abucheo procedente de la pista, llena de fans furiosos e impacientes. Parecía que estuvieran en el camerino, con nosotros—. Solo se le escuchaba hablar a él.

—¿Y qué estaba diciendo? —quise saber yo.

—Parecía muy preocupado. Le ha dicho a la persona con la que estaba hablando que se tranquilizara, que no se pusiera así y que se verían después del concierto. «Pero vente camuflado, que nadie te vea», le ha pedido. Y luego no he vuelto a saber nada más de él.

—¡¿Y nos lo dices ahora?! ¡¿No te ha parecido sospechoso?! ¡¿Cómo no se lo has contado a la policía?!

Gaia, fuera de sí, empezó a aporrearle en el pecho con los puños cerrados. El teclista y la batería fueron rápidamente a separarlos, pero Ciro se quedó quieto en el sitio, frotándose el rostro. Yo, que no le había quitado ojo de encima durante la conversación, me había dado cuenta de que había cerrado los puños cuando el bajo de la banda había pronunciado la palabra «camuflado». En mi mente apareció de repente una silueta clarísima, vestida con gorra y gafas de sol. Los puños cerrados de Ciro me confirmaron que mis sospechas eran ciertas.

En ese momento me di cuenta de que Ciro sabía dónde estaba Rai, aunque todavía no comprendiera qué podía estar haciendo allí.

Y yo también.

CAPÍTULO 23

—Gaia, deja de pegarle —le dije a mi amiga cuando conseguí recuperarme del pequeño cortocircuito mental que me había producido aquella revelación—. ¡Gaia! ¡Ya basta! ¡Deja de pegarle! ¡Él no tiene la culpa de lo que está pasando!

Gaia no me escuchaba. Lloraba con todas sus fuerzas y seguía moviendo los puños, enloquecida.

—¡GAIA, BASTA! —grité.

Gaia se detuvo como si acabara de recibir una descarga eléctrica. Vio al pobre bajo, encogido, protegiéndose la cara y el pecho con los brazos en cruz y, de repente, fue como si despertara de un sueño.

—Lo..., lo siento, de verdad. No quería hacerte daño —se disculpó—. Estoy muy nerviosa y muy preocupada y no sé qué hacer y...

Antes de que mi amiga volviera a tener un ataque de pánico, yo la agarré del brazo y tiré de ella hacia salida.

—Vamos al baño un momento, Gaia.

Ella me obedeció sin rechistar, con la cabeza baja y el rostro enrojecido de tanto llorar, y me acompañó al pasillo. Antes de cerrar la puerta del camerino, vi que Ciro tenía los ojos clavados en nosotras.

Ya fuera, miré a un lado y al otro para comprobar que estábamos solas. Esperé unos segundos para asegurarme de que Ciro no nos seguía, y eché a andar resueltamente hacia la puerta de salida, aún con Gaia sujeta del brazo.

—Sofi, el baño no está por ahí —dijo Gaia, extrañada.

En lugar de responder, yo me limité a seguir caminando y le tiré del brazo cada vez con más fuerza.

—Sofi, ¿me estás escuchando? —Gaia trató de soltarse, nerviosa—. El baño está por el otro lado. Por aquí no vamos bien.

—No vamos al baño.

—¿Ah, no? ¿Y adónde vamos, entonces?

—A la salida. Nos vamos de aquí.

—¿Qué? ¿Pero qué dices? La policía nos ha pedido que no nos movamos de…

Dejé de caminar y busqué un lugar donde pudiéramos hablar a solas y con tranquilidad. Un lugar donde Ciro no pudiera vernos si de pronto le daba por pensar que nuestra excursión al baño se alargaba demasiado y se asomaba al pasillo. Localicé dos sillas ocultas detrás de una gran palmera decorativa, parte de un anuncio publicitario que también hacía las veces de *photocall*. Senté a Gaia en una y yo me coloqué en la otra.

—Gaia, sé que ahora mismo no es el mejor momento para que hablar de todo esto. Por favor, no te pongas nerviosa. No te va a gustar lo que estoy a punto de contarte, pero tengo que contártelo.

—Sofi, me estás asustando…

—No te asustes —la tranquilicé—. Es solo que creo que sé dónde está Rai.

Gaia me miró con los ojos enormes.

—¿Qué? ¿Cómo?

—Por favor, prométeme que no te vas a enfadar —le pedí, juntando los dos dedos índices.

—No puedo prometerte eso.

Yo no bajé las manos, y seguí hablando.

—La última vez que intenté contártelo dejaste de dirigirme la palabra. Me bloqueaste en todas tus redes sociales. Casi dejaste de ser amiga mía. Así que, si quieres que te lo cuente ahora, necesito que me prometas, al menos, que me dejarás terminar toda la historia. Si después quieres volver a enfadarte conmigo y dejar de hablarme para siempre, lo entenderé. Pero quiero que sepas que nada de lo que he hecho ha sido para hacerte daño.

—Ahora sí que me estás asustando —dijo ella.

No teníamos tiempo que perder, pero necesitaba asegurarme de que Gaia estaba dispuesta a escucharme. Volví a ofrecerle los dedos, con urgencia.

—Prométeme que vas a dejarme terminar. Por favor.

—Te lo prometo —dijo ella, rompiendo la barrera con un gesto suave y cansado.

Yo respiré hondo. Necesitaba soltarlo de carrerilla, sin hacer pausas. Me daba un miedo horrible que se arrepintiera de haber hecho esa promesa.

Pero ya no había marcha atrás.

—¿Te acuerdas de cuando te dije que Rai te estaba mintiendo? Pues creo que su desaparición está relacionada con sus mentiras. —Gaia frunció mucho el ceño y abrió la boca para rebatirme. Yo levanté la mano para pedirle que respetara su promesa y saqué el móvil—. Te dije que tenía pruebas, y te las voy a enseñar. Esto es un vídeo del día después del concierto de Lava Red. El mismo día en que Rai te dijo que no podía quedar contigo porque tenía ensayo fuera de la ciudad.

Le tendí el móvil a Gaia. Lo primero que hizo, antes incluso de ver el vídeo, fue comprobar que la fecha de captura era la que yo le decía. El vídeo duraba muy pocos segundos, pero no había lugar a dudas: definitivamente, quien aparecía en él era Rai.

—Pero ¿de verdad te has dedicado a seguirle? Igual nos mintió porque…, porque tenía que hacer algo…

Gaia intentaba encontrar alguna excusa que encajara con la versión de Rai que ella quería creer: que su novio no era un mentiroso.

Aproveché que aún estaba procesando toda aquella información para quitarle el móvil de las manos con delicadeza y buscar rápidamente el *link* al vídeo que Rai me había dedicado.

—La escuela de canto no existe, Gaia. No hay ninguna escuela en los alrededores de la ciudad que se llame Cantos, Voces, ni nada parecido —dije, convencida—. Y no es en lo único en lo que te ha mentido.

En cuanto Rai comenzó a rasguear la guitarra, yo subí el volumen y giré la pantalla para que Gaia pudiera verlo todo. Era perfectamente consciente de que aquel era el peor momento para enseñarle todo aquello, pero, por desgracia, no teníamos otro. Necesitaba que confiara en mí, que me dejara ayudarla, y aquella era la única manera que se me ocurría de conseguirlo.

Gaia escuchó la canción hasta el final. No dijo nada, pero hacia la mitad los ojos se le llenaron de unas lágrimas enormes y densas que rodaron por sus mejillas sin que pudiera hacer nada para detenerlas.

—No entiendo nada —sollozó, cuando el vídeo hubo terminado—. Entonces, ¿todo lo que hemos vivido juntos estas últimas semanas es mentira? ¿En realidad está enamorado de ti? ¿Ha..., ha pasado algo entre vosotros?

—No, Gaia, yo nunca te haría algo así, te lo juro —la tranquilicé—. De verdad. He venido hoy al concierto porque Rai prometió que, después de la actuación, me contaría la verdad. Que nos contaría la verdad a las dos. Me llamó desde el número que te he enseñado antes. Estaba conectado justo cuando hemos empezado a buscarle, así que estoy segura de que está bien y que no le ha pasado nada. Y también creo que sé dónde está.

—¿Dónde?

—En el mismo sitio que el día en que te mintió.

—¿En su casa? —preguntó Gaia, extrañada—. Pero ¿no es el lugar más obvio? ¿No crees que la policía ya habrá enviado una patrulla allí?

—Creo que, precisamente por eso, es el último lugar donde todo el mundo espera que esté.

—¿Y por qué crees que está allí?

—No lo sé exactamente. —Volví a pensar en la reacción de Ciro cuando el bajo del grupo mencionó la conversación telefónica que Rai había tenido justo antes de desaparecer—. Es un presentimiento. Y quiero comprobarlo. ¿Quieres acompañarme?

—Vamos —dijo ella. Por primera vez desde que había comenzado toda aquella locura, estaba más entera. Ya no parecía triste, ni preocupada. Ahora parecía furiosa. Gaia y yo nos conocíamos desde siempre, pero estaba segura de no haberla visto tan enfadada en mi vida—. Rai Vila tiene muchas cosas que explicar.

Yo sonreí. Esa era mi Gaia. Pero la sonrisa se esfumó en cuanto miré a través de las hojas de la palmera y vi el primer obstáculo que íbamos a tener que sortear.

—Primero vamos a tener que convencer a Pol de que nos deje salir… —murmuré, señalando la puerta de salida.

Nuestro amigo el guardia de seguridad vigilaba que nadie entrara ni saliera hasta que volviera la policía.

—Déjamelo a mí —respondió ella, con aquel brillo en los ojos que me resultaba tan familiar. Gaia se levantó, se recogió la melena rubia con la goma que llevaba en la muñeca, movió la cabeza de lado a lado para estirar el cuello y dijo—: A la de tres, echa a correr.

—Gaia, ¿qué vas a hacer? —le pregunté.

Por toda respuesta, Gaia echó los brazos atrás para coger impulso y empujó con todas sus fuerzas la palmera decorativa que nos ocultaba de la vista de Pol. Cuando la planta cayó al suelo, maceta incluida, el guardia abandonó la puerta y fue corriendo hacia el lugar donde había escuchado aquel terrible estruendo.

—¡Tres! —gritó Gaia, cogiéndome de la mano y llena de energía.

Salimos de nuestro escondite justo cuando Pol pasaba de largo junto a nosotros. Íbamos a tal velocidad que el vigilante no tuvo tiempo de reaccionar y dar media vuelta antes de que nosotras cruzáramos la puerta. Tardamos pocos segundos en camuflarnos entre la multitud de fans que empezaban a salir del recinto. El concierto debía de haberse cancelado definitivamente. La energía que Gaia y yo habíamos notado desde bambalinas justo antes de todo aquel embrollo había desaparecido casi por completo.

Y digo «casi» porque Gaia y yo volvíamos a tener esa sensación de emoción y aventura que experimentamos el día en que conocimos a Rai Vila. El día en que nuestra vida dio un giro de ciento ochenta grados. Cogidas de la mano, juntas, con la adrenalina atravesándonos las venas, corrimos con todas nuestras fuerzas para encontrar al cantante desaparecido.

Porque, como bien había dicho Gaia, Rai Vila tenía muchas cosas que explicar.

E iba a tener que hacerlo por partida doble.

CAPÍTULO 24

Buscamos cuál era la manera más rápida de llegar a casa de Rai desde el estadio. Evidentemente, el medio de transporte más directo era el taxi, pero con la cantidad de gente que salía en aquellos momentos del recinto era imposible conseguir uno. Vimos que un autobús pasaba justo en aquel momento por la parada que había al otro lado de la calle, y decidimos montarnos. En cuanto estuvimos dentro, Gaia y yo nos quedamos calladas, algo extraño entre nosotras. Sin embargo, el silencio ya no era incómodo. Éramos otra vez uña y carne, teníamos un objetivo común. Todo volvía a ser como antes, aunque había una cosa distinta: por primera vez en la historia de nuestra amistad, yo era el cerebro del plan, el motor de la aventura.

Normalmente yo era la insegura, la que siempre dudaba de todo. Pero me sorprendió descubrir que los papeles se habían invertido. Aquella tarde, Gaia era un manojo de nervios y preocupaciones, y yo era quien la tranquilizaba, quien la mantenía en movimiento. Mi mejor amiga confiaba ciegamente en que Rai estuviera bien y en su casa, y yo mantenía el tipo para que no se derrumbara, pero en realidad no tenía ninguna certeza. Saqué el móvil del bolso y miré la hora de la última conexión del número desde el que Rai se había comunicado conmigo. No había vuelto a conectarse desde que Ciro nos había pedido que intentáramos hablar con él. Quería creer que él sabía lo que estaba ocurriendo. Desde luego, no le había extrañado descubrir que Rai tenía dos números de móvil distintos, pero... ¿y si yo estaba en un error? ¿Y si de verdad le había pasado algo y toda mi absurda teoría no era más que una equivocación?

No quería ni pensarlo.

—Mira, el parque donde empezó todo. —Gaia apuntó por la ventanilla cuando pasamos justo al lado, distrayéndome de mis pensamientos.

—Tenemos que bajar —reaccioné yo, pulsando el botón de la parada.

Había empezado a llover con fuerza. El cielo estaba encapotado y oscuro. La calle se había quedado completamente vacía. La sensación era lúgubre.

De repente, me vinieron a la mente los escenarios de pesadilla que había visto en algunas películas de intriga, justo cuando los protagonistas se acercan a las revelaciones del final.

Un escalofrío me recorrió la espalda.

Agarré a Gaia de la mano con fuerza, no tanto para darle seguridad a ella, sino para dármela a mí misma. Necesitaba estar tranquila para transmitir tranquilidad, pero me estaba resultando difícil mantener la cabeza en su sitio.

Teníamos los sentidos tan centrados en nuestro objetivo que los nervios nos jugaron una mala pasada. Un coche había estado a punto de atropellarnos mientras cruzábamos la calle en rojo, tan apresuradamente que habíamos olvidado por completo mirar a los lados.

Cuando llegamos al portal, estábamos hechas una sopa y teníamos el corazón en la boca.

—¿Y ahora qué hacemos? —me preguntó Gaia, convencida de que yo tenía un plan superelaborado.

—No…, no lo sé —reconocí—. ¿Llamar al telefonillo?

Gaia me miró con cara de decepción.

—¿En serio? ¿Y qué decimos? «Hola, somos Gaia y Sofi. Nos hemos dado cuenta de que llevas semanas mintiéndonos y, como has desaparecido de tu concierto, hemos venido a verte a casa» —dijo con retintín.

—La casa de Rai tiene entradas por dos portales, ¿verdad? —De repente se me iluminó la bombilla—. El día que estuve vigilándola había un montón de gente que bajaba a dar un paseo con el perro. ¿Y si esperamos cada una disimuladamente en una puerta hasta que salga algún vecino y aprovechamos para colarnos en el portal? Así tendremos el doble de posibilidades.

No era un plan maestro, pero era el único que teníamos, así que me separé de Gaia y corrí bajo aquella cortina de lluvia hasta el portal de al lado. Con aquel diluvio, nadie salía a la calle, así que estuvimos esperando durante un buen rato, empapadas y tiritando. Estaba a punto de rendirme y llamar directamente al timbre cuando alguien abrió la puerta y salió del portal junto al que yo estaba esperando.

Era un hombre de mediana edad, vestido con una bata blanca. Llevaba un maletín de cuero en la mano y un fonendoscopio colgando del cuello. Al verme junto al telefonillo, me dedicó una sonrisa amable y preguntó:

—¿Vienes a ver a Rai?

—¿Perdón? —La pregunta me pilló por sorpresa.

—A Rai —repitió, señalando la camiseta de Rai Vila que llevaba puesta.

—S-sí —respondí—. ¿Está..., está bien?

—Está estable —dijo el médico, subiéndose las gafas por el puente de la nariz—. No aguantará mucho más en este estado, vamos a ponerle en el puesto de máxima prioridad en la lista. Pero, de momento, aguantará. Afortunadamente, le están cuidando bien.

—Gra-gracias, doctor —respondí, intentando procesar toda la información que acababa de darme.

¿El médico estaba hablando de Rai? No podía ser, debía de haberse equivocado... ¿Rai estaba enfermo? ¿Enfermo de gravedad? ¿A eso se debían tantas mentiras? Notaba el corazón latiéndome a mil por hora en el pecho, en las muñecas, en las sienes. No entendía nada.

Pero necesitaba descubrir qué estaba pasando, y lo necesitaba ya.

—¿Podemos subir a verle, entonces?

—Sí, supongo que una visita no le alterará demasiado —dijo. Entonces se dio cuenta de que estaba chorreando, y añadió—: Pero, por favor, sécate bien antes de entrar. En su estado, no conviene que se resfríe. Una bajada de defensas podría ser fatal para su condición.

—De a-acuerdo, do-doctor. Muchas gracias —le dije.

Mientras veía cómo se alejaba, mantuve la puerta abierta y le hice un gesto a Gaia para que viniera conmigo.

—Ese médico… —señaló, casi sin aliento. No jadeaba por la carrera, sino por los nervios—. ¿Viene de casa de Rai?

—Creo que sí —reconocí. No más mentiras, y menos con Gaia—. Me ha dicho que viene del ático, de ver a Rai.

—Venga, Sofi, ¡vamos a darnos prisa! —me suplicó mi amiga, echando a correr hacia las escaleras.

—¡Espera! ¡Vamos a secarnos antes! —le dije, recordando el consejo del médico.

Entramos en el portal. Escurrimos las camisetas hasta que dejaron de gotear, nos sacudimos el pelo y los pantalones chorreantes y nos quitamos las zapatillas. Estábamos tan ansiosas que no esperamos ni siquiera al ascensor: subimos las escaleras a la carrera, descalzas, y nos plantamos en el piso más alto del edificio.

Gaia y yo buscamos la puerta del piso de Rai y empezamos a aporrearla como si nuestros puños fueran martillos.

—¡Ya voy! ¡Ya voy! —gritó una voz desde el otro lado—. Un momento.

Gaia y yo nos miramos, aliviadas. Era su voz.

—Doctor, ¿se ha dejado algo olvida…? —dijo, mientras abría la puerta. Al vernos a nosotras al otro lado, se quedó mudo. Con los ojos abiertos como platos, preguntó—: ¡Gaia! ¡Sofi! ¿Q-qué hacéis vosotras aquí?

—Vaya, el desaparecido —dijo mi amiga, cruzando la puerta sin esperar a que Rai la invitara a pasar—. Hemos venido a comprobar que no estabas muerto. Para decírselo a tus fans y que no lloraran tu ausencia.

—Todo esto tiene una explicación, os lo juro —empezó a balbucear.

—No te preocupes, Rai. Tenemos todo el tiempo del mundo —dije yo, con los brazos cruzados. Rai se quedó pálido—. Y no pensamos irnos de aquí hasta que no nos cuentes la verdad.

CAPÍTULO 25

Rai cerró los ojos. Se pasó la mano por el pelo, tragó saliva con fuerza y los volvió a abrir. Tenía ojeras bajo los párpados, los labios secos y la frente salpicada de gotitas de sudor.

Parecía estar a punto de gritar.

—No es buen momento.

—No nos importa —dije yo—. Queremos saber qué está pasando, y queremos saberlo ahora mismo.

Rai empezó a respirar agitadamente. Sus ojos viajaban a toda velocidad de los míos a los de Gaia, y viceversa, mientras pensaba qué hacer. Al final, suspiró, derrotado, y señaló hacia el pasillo con la mano extendida.

—Creo que será mejor que lo veáis con vuestros propios ojos —nos pidió—. Acompañadme, por favor.

—Yo no me muevo de aquí hasta que no nos lo expliques todo.

Gaia se plantó delante de él con los brazos cruzados. Su mirada echaba fuego. Rai retrocedió un paso, asustado.

—Gaia, por favor. Confía en mí —murmuró en voz muy baja—. Lo entenderás todo si vienes conmigo.

Gaia se mantuvo en aquella posición diez segundos más, sosteniéndole la mirada, y al final se apartó. Rai echó a andar y nos guio por un pasillo en penumbra. No habíamos estado en aquella parte de la casa cuando nos invitó a estar allí. El corredor era larguísimo, y terminaba en una habitación que tenía la puerta entreabierta. Por la rendija se colaban una luz amarillenta y unos extraños y rítmicos pitidos, una especie de bomba de aire y un sonido líquido, como si hubiera una tubería rota.

Rai empujó levemente la puerta al llegar al fondo del pasillo, y nos cedió el paso a lo que parecía una improvisada habitación de hospital. En el centro había una cama reclinable con el respaldo subido y un montón de máquinas que emitían los sonidos que nos habían acompañado hasta allí. Acostado en la cama, pálido y con los ojos entrecerrados, había un chico.

Y ese chico también era Rai.

Gaia se tambaleó de la impresión y yo tuve que agarrarme al picaporte de la puerta para no caerme al suelo. Miré al Rai que había junto a la puerta, y luego al Rai que estaba tumbado en la camilla. El chico abrió los ojos lentamente y me saludó con una voz débil.

—Hola, Sofi. —Apenas tenía fuerzas para hablar.

—Ho-hola —respondí yo.

—¿Qué es todo esto…? —preguntó Gaia, sin saber exactamente a cuál de los dirigirse. Miró al chico que llevaba semanas considerando su novio—. ¿Rai?

Él le acercó una silla, se arrodilló frente a ella e intentó agarrarle las manos. Gaia las apartó rápidamente.

—Rai es él —confesó con un suspiro—. Yo soy su hermano gemelo, Ari.

Me solté del picaporte y di un par de pasos vacilantes hacia la camilla.

—¿Puedo acercarme? —pregunté.

—Sí, pero no le toques. Y ponte guantes y una mascarilla—me pidió Ari, señalando un pequeño carrito metálico que había a su lado.

Hice lo que me pedía y caminé despacio hasta Rai.

—Siéntate aquí —me pidió él, dando una palmada en el colchón reclinable—. Ari es un exagerado, me trata como si fuera de cristal, pero no es para tanto —bromeó.

—¿Qué te pasa? —le pregunté.

—Estoy diagnosticado desde hace años de una enfermedad autoinmune bastante agresiva. Es decir, que mi sistema de defensas se ataca a sí mismo y destruye las células de distintos órganos. Ahora mismo, se está dando un festival con mis pulmones y mis riñones. Eso de ahí es una máquina de diálisis —dijo, señalando una caja alta conectada a varios tubos por los que discurría un fluido rojo—. Y eso de ahí es un respirador. —Ahora me mostró una mascarilla—. Ya ves, no se me puede dejar solo, necesito ayuda para todo —concluyó con una sonrisa dolorida. Era evidente que hablar le costaba muchísimo esfuerzo.

—Sigo sin entender nada… —murmuró Gaia—. ¿Por qué no nos lo habéis contado desde el principio? ¿Por qué todo el mundo piensa que solo hay un Rai Vila?

—Porque Rai Vila solo hay uno —dijo Ari—. Desde pequeños, mi hermano ha sido siempre el que ha tenido talento musical. Yo me las apaño más o menos con la guitarra, y no canto mal, pero el verdadero artista es él. Rai lleva enfermo desde pequeño, ha tenido que pasar mucho tiempo recluido, y lo ha empleado siempre en escuchar música, componer, estudiar…

—Interesarme por la historia y la decoración… —murmuró Rai desde la camilla, guiñándome un ojo y tosiendo un poco.

—Esta enfermedad suya tiene altibajos. A veces responde mejor al tratamiento y puede hacer vida normal, y otras veces sufre una recaída y no puede moverse de la cama. Hace unos años, Rai se encontraba bien, y se dedicó a la que siempre ha sido su verdadera pasión: la música. Nos advirtieron que tenía que tener cuidado, que el estrés podía desencadenar brotes más graves de la enfermedad, pero tenía tantas ganas de intentarlo que toda la familia le apoyó.

—Y la verdad es que no me fue mal —dijo Rai desde la cama—. Discos de platino, millones de visualizaciones de mis videoclips, giras internacionales…

—Pero fue demasiado —le interrumpió Ari, serio—. Demasiado trabajo, noches sin dormir, viajes sin descanso… A principios de este año, Rai tuvo una recaída.

—¿Y por qué no lo comunicaste a tus fans? —pregunté yo.

—Fue… cuestión de *marketing* —dijo Rai, casi sin aliento.

—Rai, tú descansa. Yo se lo explico —intervino su hermano—. Sí, fue una decisión de *marketing*. La tomamos junto con su representante y decidimos que no se lo contaríamos a nadie, ni siquiera a la banda. El único que lo sabía era Ciro, que nos conoce desde que somos pequeños y estaba al tanto de la condición de Rai.

—¿Y de verdad os parecía mejor mentir a todo el mundo que contar la verdad? —preguntó Gaia, dolida.

—La carrera de Rai estaba en lo más alto, y lo peor que podía hacer en aquel momento era desaparecer de los escenarios. Bueno, eso decía su agente. Así que pensamos que una solución podía ser que yo me hiciera pasar por él en algunos conciertos y, sobre todo, apariciones públicas para que él pudiera descansar —explicó Ari.

—Lo hiciste por ayudarme y también porque a ti se te dan mucho mejor las relaciones públicas —dijo Rai, con una sonrisa pícara—. Cuando uno lleva toda la vida enfermo y guardando cama, se vuelve un poco introvertido, os lo podréis imaginar. Él es quien llevaba todas mis redes sociales.

Ari ignoró el comentario de su hermano y siguió hablando.

—Pensamos que el brote pasaría pronto, como había sucedido otras veces, y que él estaría recuperado para cuando empezara la gira, pero… no fue así. Empezó con una neumonía muy grave que le causaba problemas respiratorios, y ahora le están fallando los riñones. Rai necesita recibir urgentemente un trasplante… Las cosas no han hecho más que complicarse…

—Y luego llegasteis vosotras —murmuró Rai desde la camilla.

—¿Cómo?

—Sí, entrasteis en nuestra vida y lo liasteis todo. —Ari parecía de acuerdo con su gemelo en aquel punto—. El día que nos conocimos…

—El día que las conocí yo —interrumpió Rai, riendo—. O, más bien, el día en que estas dos piradas…, cofcof…, me persiguieron por la calle y montaron un escándalo tremendo…

—El día en que Rai os conoció—corrigió Ari— y vimos el vídeo que subió Gaia, sentimos que, además de dos piradas, erais dos chicas especiales. En un principio, yo no quería, pero Rai estaba empeñado en invitaros al concierto acústico.

—Sí. Estaba deseando volver a verte, Sofi —murmuró Rai.

—Y yo acabé completamente enamorado de ti, Gaia —susurró Ari, con la voz entrecortada.

Ninguna de las dos dábamos crédito a lo que estábamos oyendo. Estaba tan descolocada que tardé un rato en reaccionar.

—¿Y cuándo pensabais contarnos que esto era un dos por uno? —pregunté—. Lo habéis hecho fatal: mientras que Ari ligaba abiertamente con Gaia, Rai me tenía completamente confundida. ¡Pensaba que el novio de mi amiga la estaba engañando, que sentía algo por mí…! —Me sonrojé. Aquella conversación era demasiado íntima, pero tenía que soltarlo todo de una vez—. Y yo, mientras, sintiendo cosas por él, sin entender muy bien por qué se comportaba en público de una forma, y de otra completamente distinta en privado… Y ya lo de la canción, fue… Gaia y yo nunca nos habíamos peleado así. ¡Habéis puesto nuestra amistad en peligro!

Los gemelos Vila evitaron mirarnos a los ojos. Era evidente que no sabían dónde meterse, porque su comportamiento no tenía excusas. La situación se les había ido completamente de las manos.

—Hemos sido un par de idiotas —dijo Ari—. Casi toda la culpa ha sido mía. Pensábamos contároslo justo después del concierto acústico. Pero ahí fue cuando la neumonía de Rai empezó a ir a más. Y todo el tema de la imagen pública era tan complicado... La mánager de Rai insistió en que todo debía permanecer en secreto. Yo tuve que inventarme unos ensayos vocales fuera de la ciudad para justificar mis ausencias de ciertos eventos y poder estar con mi hermano. Incluso las visitas de los médicos tenían que hacerse sin que nadie se enterara. —Intentó acariciarle la mano a Gaia, pero ella se apartó—. Pero con vosotras... Sin darnos cuenta, estabais en nuestra vida, y cada vez era más complicado dar marcha atrás. Yo fui incapaz de dejar a Gaia.

—Y yo cada vez estaba más enamorado de ti, Sofi —dijo Rai—. Solo quería volver a verte, pasar tiempo contigo... aunque solo fuera desde la distancia.

—Sois un par de capullos, los dos —dijo Gaia—. Sí, tú también, no te pienses que por estar enfermo en una cama te vas a librar... —Los gemelos tragaron saliva a la vez—. Además, tenéis un montón de cosas que solucionar antes de inventaros algo muy muy espectacular para que os perdonemos.

—Por ejemplo, explicar la espantada que Ari ha hecho en el concierto de inauguración de la gira —añadí yo—. ¡Si hasta te está buscando la policía porque piensa que te han secuestrado! ¿Sois conscientes de la que habéis liado?

—Es que Rai ha tenido un ataque… Me ha llamado y yo… No sabía qué hacer. Lo he dejado todo y he venido corriendo a verle —reconoció Ari, abrumado—. El médico acaba de irse ahora mismo.

—Excusas, excusas —bromeó Rai desde la cama—. Lo que ha pasado es que a la hora de la verdad…, cofcofcof…, te has muerto de miedo, cagueta.

—La próxima vez dejo que te mueras, idiota —repuso Ari, dolido.

Gaia empezó a aplaudir muy lentamente y con sarcasmo.

—Conmovedora, esta representación de amor fraternal. Se me ocurre que podríamos grabarla y subir un *direct* al Instagram de Rai para explicar lo de esta noche. Igual vuestras fans se lo tragan y os perdonan —dijo Gaia, dejando clarísimo que con nosotras les iba a costar mucho más.

Rai y Ari compartieron una sonrisa cómplice, como si acabaran de ver algo muy claro.

—Oye, que yo lo decía en broma —se apresuró a decir Gaia—. Una locura que se me acaba de ocurrir.

—Y, precisamente por eso, creo que puede funcionar —dijo Rai, incorporándose en la cama—. Sé que es mucho pedir, y que tenéis todo el derecho del mundo a estar enfadadas con nosotros, pero ¿podríais hacernos este último favor?

CAPÍTULO 26

—No me puedo creer que, después de todo, les haya salido bien la jugada —dijo Gaia, dejando caer los apuntes de Filosofía en el césped.

Yo me quité el auricular y escuché cómo el corrillo de chicas que había a nuestro lado reproducía por milésima vez el vídeo de disculpa que los gemelos Vila habían subido primero a su Instagram y luego a YouTube.

—Yo lo que no me puedo creer es que accediéramos a ayudarlos —respondí yo—. Después de estar mintiéndonos durante semanas… Si es que somos unas pavas.

—Yo también me sentí muy idiota, pero es que hay que tener muy poco corazón para negarle ayuda a un pobrecito cantante enfermo. —Gaia pronunció las tres últimas palabras con sarcasmo.

—¿Sabes cuántas reproducciones tienen ya? —le pregunté por curiosidad.

—Ni lo sé, ni quiero saberlo. Ni siquiera me he suscrito al canal de los Vila Twins, como se hacen llamar ahora. Antes muerta que seguirles por redes sociales. Ya hemos hecho bastante por ellos —declaró Gaia, digna.

Las dos fingimos clavar los ojos en los apuntes de Filosofía, el examen al que teníamos que enfrentarnos en poco menos de una hora. El temido día de la selectividad había llegado, y Gaia y yo teníamos tantas ganas de desconectar de las redes sociales, acaparadas desde hacía días por el bombazo de los hermanos Vila, que nos habíamos centrado, por fin, en estudiar.

A buenas horas.

—¿A ti qué tal te ha salido el de Historia del Arte? —me preguntó Gaia.

—Creo que bien…

En realidad, sabía que lo había bordado porque, bromas del destino, el examen había estado centrado en la función y la forma de las termas romanas y la arquitectura japonesa, dos temas que, por lo que fuera, me tenía más que aprendidos.

Maldito Rai Vila, pensé, aunque no pude evitar sonreír. Y es que, por mucho que intentara evitarlo, mis pensamientos siempre volvían a Ari y Rai.

Dejé los apuntes con fastidio, y saqué el móvil. Me puse los auriculares, me coloqué de modo que Gaia no pudiera verme y volví a reproducir el vídeo de disculpa. Había conseguido más de tres millones de reproducciones en menos de una semana. Lo habían subido la misma noche en que Gaia y yo descubrimos la verdad, después de avisar a la policía de que Rai había aparecido y de consultar con su representante. Salvo por unas cuantas críticas, la mayoría de los comentarios eran positivos. A todo el mundo le había conmovido la triste historia del cantante enfermo y del gemelo dispuesto a cualquier cosa por ayudarle a alcanzar el éxito. Por petición de Gaia y mía, no habían dicho absolutamente nada sobre nosotras.

A veces me preguntaba si su público los habría perdonado tan fácilmente de haber sabido todo lo ocurrido. Otras, me preguntaba si Gaia y yo no estaríamos siendo demasiado duras con ellos. Si sus fans les habían perdonado, quizá nosotras también podríamos…

—Te he pillado —me dijo Gaia, mirándome por encima del hombro con una sonrisa—. No te preocupes, yo también estaba haciendo lo mismo.

—Señaló el móvil, camuflado entre los apuntes, en el que estaba viendo exactamente el mismo vídeo que yo—. No debería, pero echo mucho de menos a Rai.

—A Ari —la corregí yo.

—A Ari. Claro, es que, cuando me doy cuenta de que he estado semanas saliendo con una persona que ni siquiera sabía cómo se llamaba, me enfado —razonó.

—¿Has vuelto a saber algo de ellos? —le pregunté—. ¿Te han intentado llamar?

—No lo sé. Los tengo bloqueados en redes y en el móvil —me dijo—. Pero sí que he hablado con Ciro.

—¿Y qué te ha contado?

—Bueno, después de pedirme perdón dos millones de veces por no habernos contado la verdad, me dijo que Rai por fin está en el primer puesto de la lista de trasplantes. Recibirá un riñón en breve y, seguramente, podrá continuar con su carrera muy pronto.

Volví a sonreír. Seguía muy muy enfadada con él, pero deseaba con todas mis fuerzas que se mejorara. Quizá así podríamos retomar aquella conexión tan especial que los dos habíamos sentido…

—Anda, quítate esa sonrisa bobalicona de los labios y levántate, que tenemos que ir al aula para el examen. ¿Llevas el DNI a mano? —me preguntó Gaia.

—Claro… Aunque ojalá tuviera un doble que pudiera hacerse pasar por mí para este examen, la verdad.

Gaia explotó en una carcajada.

—Oye, que lo llevo mal de verdad, ¡no te rías!

—No, si no me río de ti, Sofi —me dijo—. Sino de esos dos.

A ambos lados de la puerta de la facultad en la que íbamos a examinarnos, había dos chicos con gorras y gafas de sol. Iban vestidos con ropa idéntica, y llevaban sendas guitarras colgadas del pecho. Eran como dos gotas de agua, y habría sido imposible distinguirlos de no ser porque uno estaba de pie y el otro sentado en una silla de ruedas.

Parecían dos estatuas, salvo por las sonrisillas traviesas que se dibujaban en sus labios.

Gaia me dio la mano y nos dirigimos hacia la puerta, intentando disimular que no los habíamos visto. Cuando nos faltaban pocos metros para cruzarla, los dos rasguearon un acorde en sus guitarras a la vez y empezaron a cantar.

Siento una conexión especial, no sé si tú sientes lo mismo… Eres la casualidad más bonita que he te-

nido en mucho tiempo… Perdona mi doble cara, pero no sé cómo estar a la altura… Espero que algún día seas capaz de entenderlo.

Los alumnos que estaban a punto de examinarse se quedaron boquiabiertos y sacaron los móviles para grabarlo. «¿Son los Vila Twins? ¿Qué hacen aquí? ¿Pero uno de ellos no estaba enfermo? ¿Les pedimos un autógrafo?», se escuchaba cuchichear a nuestro alrededor.

Miré de reojo a Gaia y vi que estaba sonriendo.

—¿Les decimos algo, o nos hacemos las locas? —le pregunté.

—¿Hacerles caso? Ni de coña. Vamos a dejar que se lo tomen con filosofía —bromeó Gaia—. Que sufran un poco, como nos han hecho sufrir a nosotras.

Cruzamos la puerta con la cabeza bien alta y sin mirarlos siquiera.

Pero con la sospecha de que aquellos dos liantes podían ser, después de todo, nuestras almas gemelas.

Y el comienzo de una nueva aventura.

No hace mucho que Sara P. llegó al instituto, pero, en su corta estancia, ha revolucionado la vida de todos sus compañeros con su descaro, su valentía y sus ingeniosos métodos para luchar contra todo lo que ella considera injusticias. Pero ahora ha desaparecido. Judith y sus amigos tendrán que poner a funcionar su ingenio y su olfato de detectives para encontrarla, siguiendo el complicado rastro de pistas relacionadas con el símbolo de Piscis que Sara ha ido dejando a su paso.

Porque puede que este sea otro de los complicados rompecabezas que tanto le gustan a Sara P.
O tal vez se trate de algo mucho más serio...